LUNATIC GIRL

YOSHINO TAKUMI

ルナティックガール

装丁　川名　潤（Pri Graphics）
装画　上条衿

ルナティックガール／もくじ

序章

御崎蔵太《みさきくらた》は、実は密《ひそ》かに彼女がほしいと思っていた。

そう、周りからは「あいつは女に興味のない奴」だと思われていたし、自分もそこはかとなくそんな風に振る舞っていたが、なんのことはない、やはり蔵太も普通の少年だったのである。ただ、当然というかなんというか――ざっくばらんでワイルドな性格の蔵太にも、ご多分に洩《も》れず『好みのタイプ』というものがある。

しかしそれはまあ、特筆するほど奇妙な好みでもない。

どころか、「優しい子」だの、「僅差《きんさ》で、活発系よりは控えめ系の子」だの、「絶対条件じゃないけど、一応は見た目も可愛いと嬉《うれ》しい」だの、ごくごくスタンダードなものだった。

アニメなどもこっそり見る、友人の学《まなぶ》がそれを聞けば、即座に数ある記憶のデータベースからささっとばかりに検索を終え、「ああ、○○に出てくるヒロインみたいな子な」としたり顔で頷《うなず》くことだろう。

つまり、それくらいありきたりな、そして普通の好みだったわけだ。

ただし、残念ながら蔵太の十五年に及ぶ人生の中で、彼女はおろか『好みの女の子』でさえなかなか見つからなかった。

単に「こいつ、べっぴんだなあ」と思う女の子には幾人か出会ったが、それと恋心はまた別問題である。願望むなしく、これまで蔵太は運命の人に巡り会えなかったのだ。

ところで、中学時代を喧嘩《けんか》と酒とタバコとバイク（無免許）に浸って流星のごとく駆け抜けた彼は、幾多の伝説――あるいは黒歴史を地元の母校に残し、奇跡的にも近所のそこそこマシな高校へと進学を果たした。

それというのも、離婚した両親に馬鹿にしたセリフを投げかけられ、意地でも進学してやると気張って勉強したお蔭《かげ》だが、それはまあ今は置いておく。

とにかく、蔵太は両親の予想を覆し、見事に高校生としての第一歩を踏み出したわけだ。

しかも、彼はついに念願の初恋を体験した。好きな人が――蔵太が『これぞ運命の人』と思える女の子が、目の前に現れたのだ！　後は、押して押して押しまくるのみっ。

ただし……その女の子は――

第一章　噂の彼女

目の前を、ゴスロリファッションの女の子が通り過ぎていった。

御崎蔵太は思わず飲みかけのコーヒーを噴き出しそうになり、むせまくった。

なんだなんだ、なにがどうしたっ？　てなもんである。

目に焼き付いたのは――。

大昔の貴族の娘が着るような純白シルク地の衣装で、フリルやらリボンやらレースやらで飾られた死ぬほど目立つドレス姿である。

さらには、リボン付きのこれまたゴージャスなつば広帽子が頭を飾っていて、上から下まで全く隙《すき》がない。全身これ、完璧なドレス姿、本格的なゴスロリファッションなのだ。ちょっとだけそんな格好を気取ってみた、てなのとはわけが違う。

服だけではない。中身もゴージャスだ。

衣装負けしていない、日に透けるような白い肌。外人かよと思うほどのくっきりした目鼻立ちは、文句のつけようもないが、同時にやたらと意志が強そうに見える。

ただし、普通の一・五倍ほどはありそうな黒瞳《くろめ》を見る限り、外人さんというわけでもなさそうだ。

その子が蔵太の前をしずしずと横切る瞬間、ほのかにシャンプーらしき香りがした。

微かに違和感を覚えなければ、かなりいい気分になったはずである。

とにかく、普通こういう格好をしている女の子を見かけるのは、映画の中かそれともコスプレ会場と相場が決まっている。

もちろん、蔵太がぼけっと突っ立っていたコンビニの前は、そのどちらでもない。

何故《なにゆえ》に、こんなしょぼい街中でゴスロリファッション？　なにか、オタク方面的なイベントが近所にあるとか。

そんな当然の疑問が出てくるわけだが、蔵太的にもっと重大な点が一つあった。

ゴスロリのインパクトが大きくてとっさに記憶が浮上しなかったのだが、どうもこの子、先日入学したばかりの高校の同級生みたいなのだ。

まだほとんど出席してないものの、あの美人顔はそう簡単に忘れない。確か、宮前《みやまえ》……とかいう名字だったような。

思い出した途端、蔵太は吸っていたタバコを手の中のコーヒー缶に落とし、さらにそれをゴミ箱の中に放り込むと、コンビニの前から離れ、彼女の後をふら～っと追い始めた。この時点で、なにか確たる理由があったわけではない。たとえて言えば、猫が買い物かごから顔を覗《のぞ》かせたサンマを見てむくりと身体《からだ》を起こすような、そんな反射的な動きである。

まあ事情はどうあれ、尾行を始めたわけだ。

ゴスロリの宮前某は、大通りをしゃなりしゃなりと、駅とは反対方向に歩いていく。

通行人達の驚愕《きょうがく》の表情、あるいは若い男の粘着質な目つき——雨あられと降り注ぐそれら好奇の視線を、まるで不可視のバリアーで弾《はじ》いているように、一顧だにしない。

こっそり尾行中の蔵太が、大いに感心したくらいだ。普通、あれだけジロジロ見られたら、絶対になんらかの反応があるはずだと思う。

——いや、厳密には反応はあった。

数十メートルの距離を置いてついていくうち、彼女がいかに用心深い性格か思い知った。

というのも、実に嫌なタイミングで急に振り返るのである。その度に蔵太は、慌ててすぐそばのコンビニやらパチンコ屋やらに飛び込み、サーチライトのような鋭い視線から逃れねばならなかった。

用心深く距離を空けていたものの、偶然と幸運に恵まれなければ、ごく初期の段階で見つかっていたはずである。

何度目かの視線を電柱の陰でかわす頃には、蔵太はもう確信していた。

こいつは、人目が気になって振り返っているわけじゃない。どうも、誰かの尾行を気にしているのだ、と。

その証拠に、肝心の野次馬の視線にはまるで反応しないのである。

ストーカーにでも目をつけられたか——とそこまで考え、蔵太は自分こそが正に今、そういう行為に精を出していることに気付き、愕然とした。間抜けな話だが、事実である。

しかし、葛藤《かっとう》と罪悪感の二重奏にさいなまれながらも、やっぱり尾行はやめなかった。

まあ、やめられなかった、というのが正しいだろう。この宮前某が、えらく気になったせいだ。

そういえば、進学したてなのにもかかわらず、あの宮前某の名字だけは覚えていたのも、彼女がやたらと派手なリボンで頭を飾っていたからである。均一なブレザーの制服ばかりが集う教室においても、最初からかなり目立っていたわけだ、あの宮前某は。

そのうち、ゴスロリ宮前（蔵太命名）は、中央大通りから脇道へと曲がった。途端に、さらなる頻度で降り注ぐ視線の放射に、蔵太の尾行は益々困難を極めた。しまいには、「こいつ、実は身分はどこぞのお姫様で、今はローマの休日ならぬ岬町（現在地）の休日かよ！」などと蔵太がメルヘンチックな疑いを抱き始めた頃、ようやく彼女は目的地に着いた。

場所は——町外れの児童公園である。


コソコソ尾行することに嫌気が差していた蔵太は、多少ほっとして、自分もその公園へと足を速める。ところが、いきなり目の前を車が横切り、危ないところでたたらを踏んだ。

なんだよ、あの車は。やーさんのベンツでもあるまいし、窓ガラス全部にスモークなんか貼りくさって！　いやいや……今は喧嘩売ってる場合じゃないな。ここまで来て見失ったらたまらん。

蔵太は怒鳴るのを中止し、いそいそと、そしてこっそりと公園内に入った。


休日の午後だというのに、公園内は閑散としている。

最初見渡した時には相手の姿はなく、反対側の出口から出て行ったのかとがっかりしたが、それは早とちりだったようだ。

園内隅っこの、ほんの申し訳程度に並ぶ植え込みの陰に、目立つゴスロリファッションがちらっと見えた。それはいいのだが、なぜか彼女は、そこにしゃがみ込んでいる。

つーか、女がしゃがむ時ってのは……。蔵太は、連鎖反応で『18禁的いけない想像』をしてしまい、焦って回れ右をしかけた。これは、そばにいてはまずかろうと。

が、よくよく見れば、彼女はなにかに手を合わせているのだと判明し、ほっとする。

驚かすなよ。それはともかく、一体、なにに手を合わせているのか激しく気になった。

最初は我慢して遠くから見守っていたが、一分もしないうちに我慢ならなくなり、危険を承知の上で接近することにした。

障害物の少ない場所なので、向こうが振り返ったらそこで終わりである。三十八度線に広がる地雷原を渡る気分で、そろそろと歩を進める。

おいおい、それってもう本当にただのストーカーだぞと思うものの、足が止まってくれない。

とうとう彼女まで二メートルあまりの至近まで来た。

こちらに背を向けた宮前は、なんの変哲もない地面に向かって頭《こうべ》を垂れている。

声が聞こえた。

蔵太の足を止め、浮ついた気分を吹っ飛ばすような震え声が。

『ごめんね……こんな所に埋めるしかなくてごめんね……ごめんね……』

以後、延々と「ごめんね」がリフレインしていた。寂しく哀《かな》しい声が、蔵太の胸にぐっと響く。見下ろした先の細い肩までもが、細かく震えている。

蔵太をギクリとさせるのに、十分だった。

事情はわからないが……こういう場面を覗き見するのは良くないと思う。俺の胸でお泣き、とでも言えたらいいのだが、まさかそうもいかない。

かなり当惑したまま、内心、彼女に大幅な加点をしつつ、そっと立ち去ろうとした――のだが。

しかし――時、既に遅しだった。

ゴスロリ宮前は、これまでの優雅な動きと相反する反射神経でぱっと立ち上がり、鮮やかな動きで振り返った。隠れる暇などあったものではない。

しかも彼女は、蔵太の思いも寄らない行動をとった。

すなわち、ふんわり広がった豪奢《ごうしゃ》なスカートを手で跳ね上げ、目が潰《つぶ》れそうに白い両足を露わにしたのである。当然ながら、蔵太の視線はそこに固定される。これぱかりは致し方ない。自然の摂理というヤツだ。太股《ふともも》にホルスターのような物が装着され、そこから黒い物を抜き放ったのは見えたが、反応しろと言う方が無理だろう。

というわけで。蔵太が我に返った時には、宮前は銃器のような物を構え、こっちの心臓辺りを狙《ねら》っていた。

「動かないでっ」

気の弱い者ならチビりそうな叱声《しっせい》に、蔵太は呆然《ぼうぜん》と少女を見返した。

……マジかよ。

あいにく、向こうは真剣だった。

眉間《みけん》にぎちっと皺《しわ》を寄せ、こちらを狙う銃もどきも微動だにしない。無理もないことだが、フレンドリーな雰囲気は皆無である。

蔵太は、反射的に小さく両手を上げた。

「おいおいっ、俺は同じクラスの同級生だって！　入学式はフケたけど、後は何度か顔合わせただろう?」

今にもぶっ放しそうな宮前は、ただ顔をしかめただけだった。

「知ってるわよ。あなた、不良で有名だもの」

「不良?　俺が?」

本気で驚く蔵太である。

「いや――。確かに、授業始まってから週三日ペースで休んでたし、タバコも酒もやるけど。けどよ、それだけだぜ?」

「あなた、抜け作!?　世間ではそれを不良って言うのよっ」

そ、そうなのか……しかし、抜け作って。

今時、そりゃないだろうと思いつつ、蔵太はなんとなく宮前が持つ銃もどきを眺める。ふいに、ずっと昔、モデルガンの雑誌で読んだ記事を思い出した。

「それ、エアテイザーだろ？　なんか、圧縮空気で電極飛ばして相手にぶっ刺してから、強制的に電撃食らわせるっつー？」

「だからなに？」

まるで話に乗ってくれなかった。

「ただのセキュリティーグッズだと思ったら、大間違いよ。いくら体格よくても、気絶しちゃお終いなんですからね。後で、好きなだけボコボコにできるんだからっ」

ぼ、ぼこぼこ？

それは業界用語で言うところの「ふくろ」みたいな感じか。こういうファッションの女の子には、似合わない言葉遣いだと思う。

第一、蔵太としては別に甘く見たわけじゃなく、話の種としてふってみただけであって。それに、あの「エアテイザー」に関しては、日本では所持禁止になっていたような。

しかしそれを指摘すると、この少女はまたガミガミ言い返す気がしたので、控えることにした。

この際、別の話題に変えてみる。

「その……なんだ。墓参りしてたのか？」

言った瞬間、なんか間抜けな質問だと後悔したが、宮前も綺麗な黒瞳に険を浮かべた。

ほんの刹那《せつな》、激しい感情が表情をよぎる。

「……あなたの知ったことじゃないわ。せめて、こんな時くらいは遠慮するかと思ったのに」

その返事に首を傾《かし》げたが、すぐに理解が及んだ。

「──ってことは、俺がついてきてたの、知ってたわけか？」

「当たり前よ。尾行してきたのは、あなたが初めてじゃないもの。そういうことには神経質なの、あたし」

だろうなあ、と蔵太も思う。

それは、尾《つ》けていた時からわかったことであって。

まあそれはともかく──。

「悪かった！」

でかい身体を縮めるように、頭を下げた。初対面の者はまず信じないが、蔵太は謝るべき時には、素直に頭を下げる方なのである。

「なにか魂胆があってついてきたわけじゃない。ただ気になってな……。でも、やっぱ悪いことをしたと思ってる。この通りだ」

恥ずかしさも多少（どころか多々）あって、血が逆流するような思いで口にする。

ゴスロリ宮前は、狼《おおかみ》だと思っていた奴が急に兎に変化したのを見たような、そんなとまどった顔つきになった。

しばらくじいっと蔵太を眺めていたが、そのうち、ゆっくりと護身用具を下ろした。手探りで、今度はスカートがめくれないようにそれを元の場所へ戻し、油断ならない足取りで後退《あとずさ》っていく。

「もういいわ……。反省してる──かどうかはわからないけど、下手《へた》な言い訳をしなかったことに免じて、許してあげる。でも、もうついてこないで。いいわねっ」

きっつい声で念を押し、ゴスロリ宮前はじりじりと蔵太から離れていく。

衣装の効果もあってか、その大仰さはあたかも、宮廷に押し寄せた反乱軍を前に決死の脱出を試みる、亡国の姫君のようだった。

謝罪した直後だけに、蔵太は一歩も動けない。

やがてある程度まで離れると、彼女はさっさと踵《きびす》を返そうとする。

「待ってくれ」

「なによ?」

心底、迷惑そうに振り返る。

「……答えたくないならいいんだが。なんでそんな格好してるんだ? 子供っぽいとまでは言わんが、少し不自然じゃないか?」

と、なぜだか宮前はかあっと頬《ほお》を染めた。

いよいよ機嫌を損ねた声で返す。

「どうせあたしは子供よっ。これだって、目立ちたくないけど、その必要があるんだからしょうがないじゃない!」

目立つ必要がある? 意味がわからんし。

そもそも、子供っぽいと言われたくらいで、なんでそんなに動揺する?

そう訊《き》き返す暇もなく、ぷりぷり怒りながら、今度こそ彼女は去っていった。

☆

夜の街に蛍のように目立つコンビニの前に、二人の悪ガキがしゃがみ込んでいる。

一人は、オフブラックのジャケットとジーンズ姿の、強面《こわもて》のする面構えをした少年である。早い話が、目つきが鋭すぎて一般人はまず避けて通る。

髪型も服装も渋めに地味な方なのに、このアグレッシブな視線と厳《いか》つい顔つきのせいで、なんだか不良っぽく見える。というか、不良にしか見えない。

そしてもう一人……これはもう、真っ黄色の髪から剃《そ》りの入った眉《まゆ》からだらしなく着崩した革ジャンに至るまで、誰がどう見ても不良まっしぐらだった。当人もまた、わかっていてこういう格好をしている節がある。一種の、識別信号みたいなものだろう。

ちなみに、前者が御崎蔵太、後者がその友人の戸部学《とべまなぶ》である。

今はちょうど、蔵太が昼間の出会いを語り終えたところだった。

黙って最後まで話を聞いた学は、タバコの煙をすぱ～っと吹きつつ、口火を切った。

「わかった。街中で、ゴスロリのクラスメートに会ったと。良かったじゃん。なにが不服よ？あ、それとも自慢話か、今の？」

「いや、なにも不満なんかない。そうじゃなくてだな――」

と言いつつ、蔵太は学をじんわりと眺める。

にやにや笑う挑発的な表情に、全身から放射される、『俺はゴシップ好きだぜいっ』的なわくわくした波動。

こいつに打ち明けたものかどうか……。

「なんだよ、その目は？　中学以来のダチだろ、俺ら。いいからゆってみ、うん？」

「……なら話すが。つまりなんだ……そいつの姿がだな、ずっと頭の中を離れなくてな。これは……あ～、もしかして」

「惚《ほ》れたかも、と？」

かつて見たことがないほど、嬉しそうな顔を見せる学である。タバコの煙に目を細めつつ、蔵太をしげしげと見やる。

「女の『おの字』も口にしなかったおまえがねー。まあ……いいことだけどな。ちょっと待ってろ。今、バラでしか持ち合わせがないが、これからの成功を祈って祝儀をやるからよ……ほれ！」

なにやら革ジャンのポケットをゴソゴソ探り、摑《つか》みだした物を押し付けてきた。

ふにゃっとした手応《てごた》えのソレに目を落とす。

――避妊具だった。

「いらん！」

まとめて、アスファルトに叩《たた》きつけた。

「あー！　おめーなぁっ。これだって、タダじゃねーんだぞ！」

慌てて拾い集める学である。文句を言うつもりか口を開けたが、蔵太の表情を見てまた閉ざした。

わざとらしく黄色い頭をかき、

「……わかったわかった。俺ぁふざけてたわけじゃねーんだが、とにかく謝る。悪かったよ、怒んなって」

「話さなきゃ良かったぜ……」

「そう言うなって！　無事に進学っつー、奇跡を果たした仲間じゃん。で、誰よ、その子。俺なら、詳しいデータを持ってるかもしれないぜ？」

魅惑の誘いを苦い顔で無視していた蔵太だが、学のあまりのしつこさに、ついに折れた。

どのみち名字しか知らないのだが、とにかくそれを教えてやる。

と、だしぬけに学の薄笑いが消えた。

「宮前？　つーことは、宮前更紗か……」

「さ、サラサぁ？　すげー名前だけど……う～ん……ま、あいつには似合ってるかもな」

そういえば、あいつはそんな洋風の名前が似合いそうな奴だったと思う。

しかし学は首を振り、

「名前はおいといてだな。……あいつは最初、俺も『ハクいし、いいな～』と思ってたんだが、その……ちょっと挙動不審なトコがなあ」

「なんだよ、それ？」

学はフィルターぎりぎりまで吸ったタバコを路上でもみ消し、そのままどっかへ投げ捨てようとしたが——蔵太が睨《にら》んでいるのを見て、足下の缶の中に捨てた。

「おほん。あー、つまりだ。噂《うわさ》じゃあいつ、たまに意味不明なことを口走るらしくてな。今は、クラスでも孤立してるわな」

「変わってるのは最初から知ってるさ」

蔵太は特に気にしない。それに自分達だって、学校じゃ浮いているのだ。

だが学は、記憶を探っているのか半眼になり、さらに続けた。

「あとはぁ、と。どうやら、死んだじいちゃんが考古学者だったらしい。つまりほれ？　学者の孫娘だけに、言うことがムズくて、みんなついていけないんじゃねーの？　俺はそう思ってるけどね」

「考古学者？　有名だったのか？」

「そこまではしらねー。なんでも、オッパー……とかいうののケンイだとか」

「お、おっぱー……なんだよ、それ」

さあ？　と無責任に首を振る学。

ただ聞きかじっただけのようだ。それにしても、『おっぱー』とはなんだか響きがエグいというか、あと一字加えるとちょっとヤバいというか、淫猥《いんわい》というか。

そこはかとなく周りを気にした蔵太を尻目に、学はあっさり締めくくった。

「どっちにしろ、俺はそういうめんどい女は苦手でな。顔は別として、好みじゃねーや」

……こいつは好みを云々《うんぬん》できるほど、恵まれた容姿でも立場でもないと思う。

「譲ってやったんだし、ともかくがんばれや」

気楽なことを言い、学は蔵太の肩を叩く。

「ま、そんなテンション下がる噂は無視でいこーぜ。どうせおめー、噂話も陰口も嫌いだろうが」

「当然だ。俺やおまえだって、陰じゃボロクソに言われてるんだからな」

「俺達の場合はよ、言われてもしゃ〜ね〜からな〜」

「俺は誰にも迷惑かけてない。だいたい、言いたいことがあるなら堂々と言えばいい。今日の更紗みたいに」

蔵太はきっぱりと言いきり、ついでにこちらに歩いてきた若い男にガンをつける。自分達を見て、顔をしかめくさったからだ。

蔵太に睨まれた相手は、そそくさとコンビニ内に逃げ込んだ。

学はそれを眺め、夜空を仰いだ。

「みんながみんな、おめーみたいな時代遅れの硬派野郎にはなれねーんだって。俺らを前にすりゃ、なにか言いたくても言えないのが普通だ。いい加減にそれを悟れっつーの、田舎モン！」

——俺は東京生まれだっつーの。

それにつけても、今といい昼間といい、今日は言われ放題である。むっとした蔵太だが……言い返すことはしなかった。あるいはそうかもしれない、と殊勝にも思ったせいだ。

蔵太は、自分が納得できる反論をされると弱いのである。今も、昼間の更紗との会話を思い出し、思わず反省してしまった。

「そ、そうか……そうかもな。まあ、俺だって相手がジェイ○ンみたいな殺人鬼だったら、そりゃこえーもんな。しかしおまえ、俺と同類のくせして、やけにわかってるなあ」

「おーよ……て、ちょっと違う。俺はおめーと違って、カッコだけで喧嘩は弱いしな。狼の皮を被《かぶ》った羊みてーなもんだ。中身はふつーよ、ふつー」

なにを得意そうに、自慢にもならんことを言っとるのだ、こいつは。

呆《あき》れ果てた顔の蔵太にも臆《おく》せず、学は明るく話を戻した。

「それはいいとして。なるほど、読めたぜ。宮前に惚れた理由の一つは、それだな？　凜々《りり》しいあの子に惚れました、と。今までは女といえば、逃げるか寄ってくるかの二種類しかいなかったもんなあ、おめーには。もっとも、寄ってくる方はヤンキーねーちゃんばっかだったけど」

「普通の子だっていたぞ！」

いささかむきになって返すと、学は「ああ、十年ほど前にだろ？」とほざき、げらげら笑った。

殴ってやろうかと思う。

「とにかく、めでてー話だ、うん。で、もちろん男らしく告白するんだろうな、えっ？」

「……お、おうよ」

緊張で、たちまち怒りがしぼんだ。実際そのつもりなのだが、さすがの蔵太も告白など初めてなので、どっしり構えていられない。しかし、同時に心の奥にほのかな期待感があるのも事実だ。

これで、なにか変わるかもしれない。

このどうしょうもなくダラダラ続く毎日が、少しでもマシになれば。

ちょいとアンニュイな気分に浸った蔵太に、学は能天気に焚《た》き付ける。

「いいか、蔵太。おめーはまだわかってないけどよ、人生には二つっきゃ大事なものはねーんだ。一つはバイク、そしてもう一つは女だ！　だから、がんばれよっ」

「わかったわかった」

苦笑して答え、蔵太は自分もマルボロをくわえて火をつけた。

とにかく……悩んでいてもしょうがない、特攻といくか。


とはいえ、まだ会ったばかりなのに、いきなり「好きだ、付き合ってくれ！」とぶちかますのはさすがにまずかろうってことで、計画は若干の変更を余儀なくされた。

自分の、この胸の内のドキドキ感は全くもって疑問の余地が無いように思えるが、しかし相手はそう簡単に納得すまい。なにしろ、入学して間もないことでもあるし。

それに、昨晩、学に指摘された「誰もがおめーと同じだと思うな」的なセリフが、結構ズシッと応えていたりする。

これまで蔵太は、普通の生徒（あくまでも普通の、だ）に暴力を振るったことも粗暴な口を利いたこともないのだが、しかし彼らにとっては、たとえそうでも、自分が恐ろしげに見えることに変わりはないかもなぁと。

俺なんかにいきなり告白されても、更紗には迷惑かもしれん、などと柄にもなく気を遣ったわけだ。蔵太としては画期的なことに、そういう一般生徒的立場から色々考え、とりあえず告白というより、まずは彼女と話をしてみることにした。

いわゆる、『お友達から始めよう』的な、段階を踏んだアプローチである。

学によると、更紗はだいたい真っ先に教室に来ているそうなので、蔵太は無理して普通より一時間半も早く起き、朝イチで登校、生まれて初めて最初に教室に入った。

少なからず緊迫して石像のように椅子に座すこと十分、学が保証した通り、更紗は真っ先に現れた。いつもだいたい目立つ格好をしている奴だが、今日もまた豪華だ。

長い豊かな黒髪は、頭の片方にしっぽを寄せた、変形ポニーテールにまとめ、目の覚めるような真紅のリボンで飾っている。

これなら、画一的なブレザーの制服の中に混じっていても、荒野に咲いた一輪の薔薇《ばら》みたいに人目を引く。目立つ必要がある——という彼女の言葉は、嘘《うそ》ではなさそうである。

テロリストを警戒するような用心深い目つきと足取りで、更紗はそっと入室してきた。当然、光の速さで蔵太を見つけ、きゅっと唇を引き結ぶ。

片手を、規定より短めのスカートの腰に当て、今にも文句をつける構えを見せた。

蔵太は大急ぎで立ち上がり、まずなんとなく手を振って「違う違う！」と言い訳。自分でもなにが違うのかわからないまま、背中を押されるように話しかけた。

「伝えたいことがあったんだ。けど、俺なんかと話してるの見られたら、おまえに迷惑がかかるかと思って。そんで――」

両手を広げてみせる。

「先に来て、待ってた」

更紗は不審そうに眉根を寄せたが、ともかく開きかけていた口を閉じてくれた。黙ってじっと見つめてくる。

……そう見つめられると、言いにくいのだが。しかも、まずいことに廊下から足音が聞こえた。HR三十分前なのに、もう来やがった奴がいるのだ！

「……悪《わり》ぃ。昼休みに、屋上でどうだ？　そんな込み入った話じゃない。すぐに終わるから」

更紗は未だ何も話さず、手で触れそうな警戒心を放射しまくり、蔵太を真っ黒な瞳で見ている。

廊下の足音はいよいよ近づき、ついに扉の前で立ち止まった。

すぐに入ってこないのが、まだしもである。

そいつが教室の扉を開く直前、やっと微《かす》かに頷いてくれた。

「おはよう！」

陽気な挨拶《あいさつ》とともに入ってきたのは、クラスメートの清川義人《きよかわよしと》だった。白い歯とさらさら髪も眩《まぶ》しい、可愛い系の男子生徒だ。笑うと、片頬にえくぼができる。

で、こいつは蔵太を見るや否や「うわっ」とわざわざ声に出して驚き、女の子っぽい顔の満面に笑顔を弾けさせた。

「蔵太君、珍し～ね～。登校はいっつも一番最後か、授業の途中なのにさ？」

「お、おう。まあ、たまにはな」

登校三番手が義人だったことに、蔵太は少なからず安堵《あんど》し、軽く手を上げる。

義人は蔵太に好意的だし、特に偏見なども持たないようなので、二人で教室にいるのを見てくだらない噂を立てられる心配がない。よって、更紗に迷惑はかからないだろう。

義人のような存在は、この１－Ａでは四つ葉のクローバー並みに希少価値があり、彼のお蔭で、蔵太や学は辛うじてクラスで完全に孤立せずに済んでいるのだ。

実に有り難い存在なのである。

よって、蔵太の口調も自然とダチに対するそれになる。

「おまえは、いつもこんなに早いのか？」

「うん、まぁね。いつもは、僕の前には宮前さんしかいないんだけど」

義人は、「もう関係ないわ」とばかりにさっさと着席した更紗をちらっと見やり、わずかに首を傾げた。しかし、すぐに悪戯《いたずら》っぽい笑顔を童顔に浮かべ、蔵太に目を戻す。

「ね、廊下のあれ、見た？」

「は？　いや……なんかあったか？」

「やだなぁ。成績が貼ってあったでしょ？　すっごい目立つのに」

早くも先に立ち、蔵太を手招きする。

さっきすぐに入ってこなかったのは、それを見ていたせいらしい。

別に興味はないが……せっかくのお誘いなのでついていった。


なるほど、義人の言う通りだった。

廊下には、横長にバーンと白い紙が貼り出してあり、一年生全員の名前が載っているようだ。点数の高い者から順に、整然とタイプ打ちで並んでいる。

これに気付かなかったとは、蔵太の緊張度は本気で最高点に達していたらしい。

それにしても――。

「……いつ、テストなんかしたんだ？　中間さえまだだろう。それとも、俺がサボってた日にやったのか？」

「んなわけ、ないでしょ。これは、入学試験の成績だよ」

蔵太は愕然として顎《あご》を落とした。

「いくら私立校とはいえ、そんなんまで貼るか！　鬼か、この学校はっ。だいたい昔の学園漫画じゃあるまいし、廊下に貼るなっつーの！」

文句を垂れつつ、速攻で紙の一番右端（つまり最後の方）を見てしまうのが、蔵太の悲しい性《さが》である。

「おろ……無いな？　お、学は330番か。やるなー、あいつ……」

しゃべりながらつらつら視線を移動させ、やっと自分の名前を見つけた。

「300番！　こりゃいいや。思ったよりずっといい。300／350だもんな。キリもバッチリだし……気に入った！」

紙を見た瞬間にドンベだと思ったので、この結果は、いわば破格値である。

「良かったね～」

義人もニコニコと頷く。

こいつの場合、イヤミではなく、真剣に喜んでくれているのだろう。

蔵太もすっかり上機嫌で、なおもさ～っと見ていく。

「へ～、義人は50番か。キリ番仲間だな、俺達」

「あははっ。ホントだホントだっ」

本気で嬉しそうに笑う、義人である。

「だろ？　しっかし、一番取る奴ってどんな化け物だ」

一番左端を見る。

まず、頭に書かれた点数が驚きである。

「げ……満点かよ！　人間じゃねーぞ、こいつはっ。一体、どういう――」

頭をしてやがる？　というセリフは喉《のど》の奥に引っ込んでしまった。

二位に数十点もの差をつけ、堂々の満点にて学年一位の成績……そんな、ファンファーレが鳴り響きそうな指定席には、燦然《さんぜん》と輝く『宮前更紗』の名前があったのだ。蔵太は笑顔を凍り付かせたまま、精神的に数歩よろめいた。

……っ、つりあわねー。

成績で人の値打ちが決まるわけではない！

などと、蔵太が必死で自分に言い聞かせるうちに、時間は過ぎていった。

とうとう運命のチャイムが鳴り、昼休みが始まる。クラスの大半の生徒には弛緩《しかん》が、そして蔵太には開戦前の緊張が訪れた。

更紗は？ と振り返れば、弁当も広げずにすっと席を立ち、誰よりも先に教室を出て行ってしまった。ほとんど単独行動がデフォルトの奴ではあるが、過去の記憶を検索する限り、あいつは弁当派だったような。

ということは、蔵太との約束故に立ったのだろう。

そこに気付き、自分も慌ててガタッと椅子を鳴らして立ち上がった。呼びつけた方が遅れては申し訳ない。

「よ、蔵太！ 飯に――」

ひょこひょこやってきた学は、蔵太のガチガチに強張《こわば》っている（であろう）顔を見て、足を止めた。斜め後ろの空席を確認し、全てを悟ったようだ。

向き直り、特攻志願の戦闘機乗りを見送るような表情で、静かに頷く。

「そうか……ついに行くか」

「お、おう。つーわけで、今日は悪ぃけど」

手を上げて応え、ゼンマイ仕掛けの人形そのものの足取りで、がくがく歩き出す。

背後で、「あれ～、蔵太君、どこ行くの？　せっかく一緒に――」とか「しっ。黙って見送ってやれ。あいつぁ、漢《おとこ》になりに行くんだ！」などという義人と学の会話が聞こえたが、蔵太はほとんど意識していなかった。

それどころではないのだ！


階段を上る間に、蔵太はなんとか落ち着こうと努めた。

当初の予定とは違い、ちょいと話をするだけだというのに、この胸の高まりはどうか。ドスを手にしたチンピラ十人を前にする方が、遥《はる》かに気が楽なように思える。

過去、二十人もの女の子に告白したと豪語する学は、蔵太が思っていた以上に肝の据わった大人物なのかもしれない。

なんだか嫌な汗をかき始めた首筋を手で拭《ぬぐ》い、蔵太は五階からさらに先へと進む。薄暗い階段を上りきり、最後の鉄扉に手をかけた。

一つ深呼吸をした後、自分の弱気を抑え込んで一気に扉を開けた。

――誰もいない。

屋上の隅っこに蔵太が今立っている出入り口があるわけで、扉を開けば自然と全体が見渡せるのだ。

トイレにでも寄ったのかな、などと考えつつ、未練がましく数歩、外に出た。


途端に、背中になにか固い物が押し付けられた。


聞き覚えのある怜悧《れいり》な声が命じる。

「下手に動くと、背中に風穴が開くわよ」

お目当ての彼女は、扉の裏に隠れていたらしい。思わず言い返していた。

「開かねーよ！　エアテイザーに、そこまでの威力はないって」

「どうかしら？　いつも同じ物を持っているとは限らないわ。いいから、両手を上げて金網の方へ歩きなさい。言う通りにしないとひどいんだから！」

「わかったわかった」

――ったく、ギャング映画じゃねーんだから、とかぼやきつつ、蔵太は素直に両手を上げて歩いてやった。のそのそ歩き、これ以上行けば金網にぶつかる所まで至り、背後にお伺いを立てる。

「おい、もう歩けないぜ？」

返答なし。なにか気配まで消えている気がしたので、手を上げたまま、そっと振り向いてみた。

更紗は、いることはいた。

ただし、蔵太の背後に従っていたわけではなく、屋上の出入り口にぼこっと飛び出した、コンクリート製の屋根に半身を乗り出していた。

どうも、扉の横にコの字形に埋め込まれた、金属製の階段を上ったらしい。段々の一番上に立ち、階段を覆う平らな屋根の上を点検している。

あたかも、そこに誰かが潜んでいるかもしれない――というように。

蔵太がポカンと眺めていると、更紗が振り返ってこちらを見やり、顔をしかめた。ゆっくりと慎重に降り、屋上に立つ。

大股《おおまた》で蔵太の前まで来て文句を言う。

「う、動くなって言ったじゃない！」

顔がうっすらと紅潮している。

自分でも、恥ずかしいことをしていたという自覚はあるようだ。蔵太はちょっとほっとした。

「あ～……悪ぃな。気配が消えてたもんで」

上げた両手をひらひら振り、

「――で、なにやってたんだ、今？」

「あなたの仲間が潜んでいるか、確認してたに決まってるじゃない！　来る前にそうするつもりだったけど、あなた、すぐにあたしを追ってきたから」

「なるほど……」

蔵太としては、返答に困る話である。

というか、今になって気付いたが、この子、今日はマジで黒光りする銃を構えている。昨日のエアテイザーみたく、セキュリティーグッズではない。まさか……本物とか？

「それで？　あたしを誘《おび》き出して、一体、なにをする気だったの？」

「誘き出すって……そりゃ、勘違いもいいトコだぜ。つーか、本気で誰かに狙われているわけか、おまえ？」

「白々しいわね……自分だってその『狙う側』のくせにっ。だからあたしを尾行したり、呼び出したりしたんでしょ？　生徒の中にまで仲間がいたなんて！」

「あ～……」

蔵太は顎を指でぽりぽりかき、そのついでに、馬鹿みたいに上げていた両手を下ろした。

更紗はむっとした顔をしたものの、止めはしなかった。

「それは違う、全然違う。どっちも、もっと単純な理由からだ」

状況柄、さっきまでのときめきモードはかなり吹っ飛んでしまっていたのだが、それでもまともに白状するのはやはり照れくさく、蔵太は微妙なほのめかしを試みた。

「だからほら、俺は男でおまえは女……の子なわけだ。で、男子生徒がこういう寂しい場所に、女の子を呼び出すっていうシチュエーションはだなあ……わかるだろ、ほれ？」

察しろ、察してくれ！

祈るような気持ちで言葉を重ねる。なんで、こんなわかりきったことを説明せねばならんのだろうか。ところが更紗は理解したどころか、さ～っと蔵太から間を取り、拳銃をしっかりと構え直した。なんだかやたらと緊迫した表情になる。

「こっちには武器があるんだから！　へ、変なこと考えたって思い通りにはならないものっ」

力が抜けて、その場にしゃがみ込んだ。

どうしてそうなるよ？　こいつマジで、学年一の成績なのだろうか。

蔵太は当初の予定を忘れ、顔を上げて大声で喚《わめ》いていた。

「違うだろうがっ。そうじゃなくてっ、こういう場所に呼ぶってのは、そりゃもう告白するためだって相場が決まってるだろ！」

怒鳴り終わってから「しまった！」と思ったものの、当然、もう遅い。なんでこうなってしまったのか。だが、少なくとも叫んだ効果はあった。

油断なく銃を構えていた更紗の顔から、警戒心という名のかた～いガードが外れ、普通の恥じらう女の子の表情に取って代わった。

ハリウッド産のＳＦＸ映像かと思うほど、一瞬でぼっと赤くなる。

下から見上げていた蔵太が驚いたくらいだ。

とにもかくにも蔵太は、更紗の意表を突くことに成功したらしい。恋愛方面の用件だとは想像だにしていなかったらしく、彼女は見事に上擦った声で返した。

「そ、そそ、そんないい加減な話、しし、信じるわけがないでしょっ」

……どもってるし。

今だけは、さすがの更紗も普通の女の子に見える。というか、そこらの女の子よりよっぽど純真に見える。学の話では、自分の美貌《びぼう》を自覚している婦女子は、告白されたくらいでは全然動揺しないそうなのだが。

「いや、嘘じゃないって。……予定が狂ったけどな。本当はいきなり告白するのもおまえに迷惑だろうから、まず『ダチになってくれ』って頼むつもりだった」

ほら、俺は評判悪いらしいから。

のそっと立つと、自分の胸を指差してそう付け加えた。

「だ、だって！　まだ会ったばかりじゃないっ」

「ああ、実は俺もそう思う」

蔵太は神妙に頷いた。

「けどよ。何十年も一緒にいても、結局最後まで本気で好きになれない相手だっているだろ。時間かければ、それでなんでもオッケーか？　とことんわかり合えるわけか？　俺は違うと思うぜ。ウチの両親だって、長い付き合いを経て結婚したのに――」

言いかけて、首を振った。

親父とお袋の話なんぞ、今はどうでもいい。

「とにかく！　大事ななにかが死んで、泣いてたおまえを見てだな、俺は胸がずきっときたわけだ。昨日からおまえのことばっかり考えてるんだぜ？　これって惚れたって言わないか？」

どっかーんと告白しつつ、むちゃくちゃ恥ずかしくなってきた蔵太である。頬が発熱したように熱くなるのが実感できた。こんな恥ずかしい場面、二度とごめんだ。

更紗もまた、制服から見えている肌は全身、見事なくらい真っ赤だった。

「そ、そんなことあたしに訊かれても。……だいたい、大事ななにかが死んだって、どうしてわかるのよ」

蔵太は更紗をじいっと見つめた。

「……そうじゃなきゃ、あんな風に泣いたりしねーよ。そうだろ?」

更紗は困ったような表情で目を逸《そ》らした。

そして、沈黙。

三十秒が過ぎ、一分が過ぎても、屋上のコンクリートに目を落としたまま、更紗は動かない。

痺《しび》れを切らし、さりげなく返事を促すと、やっと顔を上げた。

今度は最初から蔵太の視線を避けていた。

「あたしは……」

また沈黙。

しかし、今回は十秒ほどだった。掠《かす》れたような「ごめんなさい」の一声。蔵太が問い返す暇もなかった。更紗はキレのいい動きで身を翻し、小走りに去ってしまった。

——拳銃を手にしたままで。

☆

真っ白に燃え尽きちまった……。

そんな気分のままで午後の授業に臨んだせいだろうか。

まるでコマ落としみたいに、気が付いたら放課後だった。周りの皆がどんどん教室を出て行く中、蔵太だけが動かずに座っている。

ぽ～っと窓の外など眺めていると、義人が遠慮がちに寄ってきた。学は戻ってきた蔵太の顔を見て全てを察し、そのままずっと放っておいてくれたのだが、義人はそもそも事情を知らない。よって、心配してくれているのかもしれない。

そっと蔵太の席の横に立ち、

「あのさぁ。蔵太君、なんだか背中が煤《すす》けてるんだけど。な、なにかあったの？」

たちまち学がすっ飛んできた。

「おいおいっ。空気読めよ、義人。男が燃え尽きた顔で座ってるっていったら、おめー、アレが原因に決まってるだろう！」

「アレ？　ええと――」

眉根を寄せて考え込み、

「お小遣い減らされたとか、ガンプラの組み立てに失敗したとか……かな？」

「かぁー、お子様か、おめーはっ。じゃなくて、失恋だよ、失恋っ。決まってんだろうが！」

囁《ささや》き声で学が非難すると、義人は地球空洞説を聞かされたような顔をして、口を半開きにした。

そのまま固まってしまい、ややあってやっと「あ……なるほどぉ。これはびっくり」と呟《つぶや》く。よほど驚いたのか、激しくショックを受けていた。

学は学で、蔵太のポケットに封を切っていないショートホープをねじ込み、わざとらしく陽気な声を出した。

「ま、最初はこんなもんだ。俺なんかおめー、もう二十回も振られてるんだぜ？ それに比べりゃ、どうってことねー。いわゆる『レベル1』だって。次があるさ、次が」

蔵太は重いため息をついた。

全く、ここではゆっくりと落ち込むこともできないらしい。

「……別に、なんてことないさ。特攻して、でもって見事玉砕しただけだ。やるだけはやったんだから後悔してないし、明日になりゃ、そりゃもうスカッと忘れ」

――さりげなく立ち上がろうとして、机の角で思いっきり足をぶつけた。

太股を押さえて顔をしかめる蔵太に、友人二人は顔を見合わせる。

「こら駄目だわ。しばらく復活はねーなぁ」

「あ、あはは」

釣られたように苦笑し、義人はそっと尋ねた。

「あのさぁ。もしかして、相手って宮前さんかな？」

蔵太が反射的に隣を睨むと、「いや、だってほれ！ 別に口止めしてなかったじゃんっ。だから昨晩ちょっと、電話で雑談をな」などと言い訳を垂れ流し、学が汗ジトで後退る。

「でも、俺は匂《にお》わせただけだぜ、匂わせただけ！」

「蔵太君、怒っちゃ駄目だよ。どっちにしても、わかっちゃったしさ。だってほら、昼休みに宮前さんの後を追うように出て行ったでしょ？　朝も一緒にいたし。それと……午後の授業中、彼女、ずっと蔵太君の方を心配そうに見てたから。それで、確信したわけ」

バレバレだったらしい……それにしても。

「そうか……気を遣わせたか。そりゃ、あいつに悪いことをしたな」

ちくっと胸が痛む。明日からは、更紗にいらん心配かけないようにしよう……そう誓った。振られたからといって、彼女に対する気持ちが変化したわけではない。

プリントが数枚ほどしか入らない薄っぺらい鞄を手に、蔵太は今度こそしゃきっと立ち上がる。

学と義人に、無理して笑顔を見せた。

「さ、もう帰ろうぜ」

——歩き出そうとした時、違和感があった。

なにか、はっと意識を吸い寄せられた……窓の外になにかが見えたのだ。自分の気を引く理由のあるなにかが。蔵太は窓の前に立ち、外をじっくりと点検した。

この校舎は校舎裏の外壁と並行する形で建っており、いま四階から見下ろしているのは、ちょうど学校の裏門の辺りになる。

視線を眼下の壁に沿って右へと移動させる。壁の向こうは道を挟んで、傾いた夕陽を照り返す瓦葺《かわらぶ》きの屋根の列、加えて歩道に沿う形でちらほらと商店が並び、そして——。

そして……Tの字に道が分岐しているその角に、真っ黒なセダンが止まっている。フロントガラス以外、全て黒いスモーク貼りの陰気な車だ。

そう、さっきは視界の隅にこの車が映ったのだ。しかし……この辛気くさいセダンが、なぜ自分の気を引いたのか。

蔵太が悩んだその時、脳裏に光が差した。あたかも天啓のように思い出したのである。

「そうだ！　あの時の車だっ。更紗を追いかけて道を渡ろうとした時、俺の前を横切った」

偶然だろうか……そうかもしれない。平凡な国産車だし、そこらにザルですくえるほど流通している車種だ。

それに、更紗の奇行を散々目にして、こちらまで影響されているのかもしれないし。

「なんだよ、一人で盛り上がんなよ。なあ、義人」

「そうそうっ、僕らにも教えてくれなきゃ」

口々に不平を洩《も》らす二人に対し、蔵太はとっさにとぼけた。

件《くだん》の車を指差し、

「いや――。あの辛気くさい車、あんなトコで何やってるのかなと」

「……今、『更紗を追いかけてた時』がどうとか言わなかったか、おめー？」

学が疑り深い横目をくれつつ、記憶力のいいところを発揮する。

有り難いことに、言い訳を考える前に義人が口を挟んだ。

「ああ～。あれ、探偵のおじさんだよ」

『探偵のおじさん？』

奇《く》しくも、蔵太と学の声が重なった。

「そうそう」

軽く頷く義人。

「僕、たまたまあの道を通って学校に来るんだよね。で、ここ最近、あの車があそこに止まっているところが多いから……ほら、違法駐車は多いけど、ちゃんとドライバーが乗ってるし。だから気になって、一昨日、ついに窓ガラス叩いて訊いてみたんだ。『なにしてんですかー?』って」

「で、どうだった!」

身を乗り出す学。

無論、蔵太も固唾《かたず》を呑《の》んで返事を待つ。

「や、やだなあ、二人とも。変に期待しないでよ。先に教えたじゃない。探偵さんだよ、探偵さん。ほら、同じ筋の一番端っこの家、あそこの奥さんが浮気してないか、調査してるんだってー。くたびれた中年のおじさんが、いかにもうんざりした顔で教えてくれたよ」

「なんだ、くだんねー」

学はたちまち興味を無くしたようだ。

蔵太も、ほっと息を吐いた。

「そうか、俺はまたてっきりあいつを」

――尾行してたのかと思った、と言いかけて口をつぐむ。

学がツッコミを入れた。

「言いかけてやめんなよ。てっきりあいつを……で、続きは？」

「いや、こっちの話だ」

首を振り、蔵太はあえて説明を避けた。

それでなくても、更紗は自分達以上にこのクラスでは浮いているのだ。

これまでのところ、誰かから話しかけられれば返事くらいはするが、自ら積極的に友人を作ろうとはしていない。いつ見ても、寂しそうにポツンと一人で座っている。そのくせ、他人との関わりを自ら避けているようなフシがある。全くもってわからん奴なのだ。

とにかく。これ以上あいつが孤立しないように、妙な噂の種になりそうな話は、控えるべきだろう。そんな風に考えたのである。

ところが友人二人は、蔵太が口ごもったのを明らかに斜め方向に誤解したらしい。互いに微妙な視線を交わし、学などは難しい顔をしてこう言った。

「蔵太よう。いくら惚れたからって、モデルガン片手に走り回る奴の言うことを、あっさり真に受けんなよなぁ」

「モデルガン？　やっぱり銃持ったまま戻ってきたのか、あいつ？」

「おうよ。メシ時の、おだやか～なムードのクラスにだな、息切らした美少女が拳銃片手に走り込んできてみろ。どんだけ驚くか。みんな石になったね！　でもって俺はてっきり、おめーの『押し倒しアタック』から逃げてきたのかと思ったぜ」

学は苦笑しつつ、

「なんか真っ赤な顔で、『……あ、これモデルガンだから』とかボソッと呟いてたけどな。もうおせーっての。これで一気に『あの子ってば電波系！』みたいな噂が加速するわな。ま、本人は気にしねーだろうけど」

「ふむ……モデルガンだって言ってたか」

頷きはしたものの、果たして本当だろうかと蔵太は思う。間近で見たあの銃は、どうも本物臭かった気がするのだ。

それと……更紗が余計な奇行で目立ったのも、これまた自分のせいだ。なんとかクラスの皆の誤解を解きたいものだが……。

蔵太の沈黙をまた誤解したのか、義人が慰めるように声を張り上げた。

「た、多分、宮前さんだって色々と事情があるんだよ！　蔵太君もすぐにあきらめるんじゃなくてさぁ、これからどんどこアタックして、セカンドチャンスを待とうよ～」

景気付けのように、斜め後ろの更紗の机をバンバン叩く。と、なにかが落ちる音がした。机が揺れたせいだろう。

「あ、いけない」

照れ笑いを浮かべ、義人は身を屈《かが》め――。

拾ったそれをちらっと見た途端、そのまま動きが止まった。

「……なんだよ、義人？　無修正のエロ本でも落ちたか？」

学が近付こうとすると、慌てて手を後ろに回し、「いやっ。別になんでもっ」などと言い訳した。教師にカンニングを見つかったみたいな焦り顔で、せかせかとその『なにか』を更紗の机の中に戻そうとする。

そんな怪しい動きを見逃す学ではない。

たちまち好奇心ではちきれそうな顔になり、義人の手から『ソレ』をもぎ取ろうとした。

「なんだよぅ、別にいいじゃん！　俺にも見せろ！　ヘアか、ヘアヌードなのかあっ」

本気で見たくなったようで、絡みに絡む。

「だ、駄目だって。他人のプライバシーなんだから！」

揉み合っているうちに、手癖の悪い攻撃に耐えかね、義人の手からぽろっと問題のブツが落ちた。当たり前だが、エロ本ではない。もっと小さいモノだ。

「やめろって、学。義人の言う通りだぞ。勝手に人の物を弄《いじ》るのはよくねぇ」

転がった定期券のようなそれを、蔵太はひょいと拾い上げ、断固として机に戻そうとした。

だが、拾い上げる際にちらっと見えてしまうのは致し方ない。

「うわっ。蔵太君、見ちゃ駄目ー！」

なんて義人が叫んだが、もう遅い。パンドラの箱は既に開いてしまったのだ。

それは端的に言うと、パスケースに入れられた病院の診察券だった。

それだけならなんの問題もない。そんなもん、蔵太だって接骨院のを持っている（それこそ問題だが）。だが、眼下のこれは一味も二味も違った。

診察券は、いわゆる精神科のものだったのである。

蔵太はむうっと唸《うな》った。

別に、更紗への想いはなにも変わらないが。しかし……するとなにか……やっぱりあの奇行は、あいつの気の迷いのせいか？　俺の心配は的外れというわけか？

蔵太が悩むその隙に、こっそ〜り横から覗き見した学が、奇声を上げてのけぞった。

「おわっ。えんがちょ！」

「おい、妙な噂をばらまくなよ！　こ、こういうことは触れ回っちゃいけないんだ！」

「てか、『触れ回っちゃいけないんだ』って、そりゃ日頃の言葉遣いじゃねーぞ、おいっ」

学が嬉しそうに、きーきー声で指摘する。

「動揺してる、動揺してるなっ。見るからに動揺してるだろ、御崎蔵太あっ！」

「祭りのお囃子《はやし》じゃあるまいし、やかましい！　フルネームで叫んで指差すなっ」

熟柿の顔色になった蔵太は、真っ先に学の肩を掴んだ。そもそも自分の動揺は学とはベクトルが違うのだが、とにかく口止めが先だ。

「最近じゃ珍しくもねーし、恥ずかしいことでもないだろ。いらんことしゃべって回るな。いいな、わかったな！」

ドスの利いた声に、学は軽薄な表情を消して両手を上げた。降参のつもりらしい。

「わーってる！　今のふざけた物言いは悪かったさ。俺ぁこんなだけど、そこら辺はちゃんとわきまえてる。義理を欠いた真似はしないって。安心しろ」

義人の方は念を押すまでもなく、自分が言われたわけでもないのに、十ぺん近く頷いていた。

「ぼ、僕はゴーモンされても口を割らないから。安心していいよ！」

「おう、そりゃ心強いわ。……つーか、驚きすぎだろ、二人とも。さっきゆったように、別に珍しくもねーって」

「そうのたまうおめーが、一番ダメージ大きかったりしてな」

学が茶々を入れる。

「いちいち茶化すなよ。……俺はなんとも思ってねーや」

軽く流し、蔵太は診察券をがらんとした机の中へ戻した。今度は落ちないように、ずずっと奥の方へ入れておく。

背を伸ばし……再び窓の外を見た。

——まだあの車は止まっている。

しかし、更紗はもう下校した後だ。やはり関係なかったのだろう。

「さ、帰ろうぜ」

何度か首を振り、もうとっとと廊下へ向かう。いい加減、（精神的に）疲れたのだ。

と、背後でこそこそと囁き声がした。

「本人は否定してっけど、でっかい背中に苦悩が滲《にじ》んでるわなぁ〜」

「う〜ん……そ、そうかも。あははっ」

蔵太はぎゅ〜っと眉根を寄せた。

聞こえてんだよ……二人とも泣かすぞ、コラ。

部活を見学して回るからぁ、先に帰っていいよ〜、と手を振る義人と別れ、蔵太と学は校舎を出た。

グラウンドを横切る途中、学はフォローのつもりか、蔵太をちらちら見ながらこんな風に言った。

「あいつって、今は入院中のばあちゃんしか身内がいないらしいからなあ。その心労かねぇ、病院通いは。……だとしたら、確かに俺は騒ぎすぎたわな、うん」

「病気のばあちゃん一人が身内って……。生活とか大丈夫なのか。困ってんじゃないだろうな？」

「あ、それは心配ない」

やっと陽気な笑顔を見せ、学は即座に否定した。

「学者のじいちゃんが残した遺産が、たんまりあるんだと。金持ちで美人……んん〜、条件いいねえ。これで性格も良ければ言うことねーのにな」

「性格だっていいと思うがな、俺は……」

泣いていた更紗を思い出しつつ、蔵太。

「しかしおまえ、めちゃ詳しいな……」

「ふっ。クラス中の可愛い子についちゃ、あらかた調べたぜ。ついでに、俺がマークしてる数人は、さらに調査を続行中だ。そろそろ二十一回目の特攻するつもりだからな。——あ、あの子の調査もしといてやろうか？」

「いや。いらねーよ、そんなの」

どうせ振られちまったし——とか言いかけた蔵太の声は、そのまま尻すぼみに消えた。

校門を目前にして、セカンドインパクトを受けたせいだ。

カーテンコールに応える女優のように、門の陰からためらいがちに少女が姿を現す。

優雅な足取りで歩を進め、二人に近付いてきた。

言うまでもなく、今や話題沸騰中の宮前更紗、その人である。

目当ては蔵太らしく、風に舞った長い前髪を手で押さえつつ、上目遣いにこっちを見ている。

まさか、さっきの騒ぎを覗かれていた？

とっさにそんなことを思い、さすがの蔵太もちとびびった。自分的にやましいところはなにもないのだが、それでもだ。数メートルの距離を置き、更紗と対峙《たいじ》する。また風が吹き、ふんわりと清潔な香りを蔵太に届ける。

おうおうっ、こら面白くなってきた！　てな緩みまくりの顔で、学が二人の見物に回る。

そんな悪友の視線を例の不可視のバリアーで弾き、更紗は自分から話しかけてきた。

「昼間のあれ……あたしをからかったんじゃないのね？」

「違う。俺はそんなジョークはカマさないって。ふざけていいことじゃないだろ」

即座に返すと、更紗は困ったような悩んだような、複雑な表情でやや俯《うつむ》いた。白い歯が、一瞬唇を噛《か》み、ヤケのようにまた顔を上げる。

「……少しだけ話があるんだけど？」

「お、おう。いいさ、もちろん」

少しだけ、とわざわざ断りが入っているところがアレだが……それでも蔵太にしてみれば意外な展開と言える。

「なら、サテンにでも行くか？　あまり客の来ない店を知ってんだ」

少々の沈黙を経て、更紗は首肯した。

「ええ……いいわ」

『うっしゃああ！　来た来たあっ』

蔵太ではなく、学が叫ぶ。なにが嬉しいのかガッツポーズまでとっていた。

黄色いトウモロコシ頭を睨みつけてやったが、学は全然応えない。ヘラヘラ笑うばかりである。

もう放っておくことにして、改めて誘った。

「よ、よし……なら、行くか」

それから隣に目をやり、

「つーわけで。今日はここで、な」

「オーケー、オーケー。けど、その前にちょっと来い」

いぃーひひひぃぃん、と犬のケンケンみたいな笑い声を洩らし、学は蔵太の腕を引っ張って数メートルほど移動させた。

更紗に見えないよう、蔵太の制服に何かをぐいぐい突っ込む。

「いいか、漢ならこのチャンスを逃すな！　これを一晩で使いきる気合いで臨めっ。ガッツだぞ！　いいな、わかったなっ」

「なんの話だよ」

蔵太はブレザーのポケットに手を入れ、『これ』とやらを引っ張り出してみる。

……ダース入りの避妊具の箱だった。

「いらねーよっ」

グラウンドに叩き付け、足で踏んづけてやった。

第二章　我、決断せり！

先に立って歩く蔵太の後ろを、更紗はしずしずとついてくる。横へ並ぼうとはせず、ただ背後からついてくるのだった。

お蔭で背中にプレッシャーを感じたが……それよりも気になることを思い出し、蔵太はわざわざ遠回りする方へ歩く。一旦、学校の外壁をぐるりと回り、裏門の方へ出たのである。

さっきの黒いセダンはまだいる。

蔵太はさりげなく横を通り過ぎつつ、フロントガラス越しに中を覗いた。

義人の言う通り、くたびれたスーツ姿の中年が乗っていた。タバコの煙でもうもうとする中、不機嫌かつ煙たそうに、通りの向こうに視線を固定している。こちらの気配を感じたのか、蔵太達の方をちらりと見ることは見た。しかし、更紗の胸と腰をじんわりと眺め、物欲しそうに目を細めただけである。連れだって歩く蔵太に気付くと、ひとたまりもなく目を逸らしてしまう。

慌てる様子もどこかへ連絡する様子もない。要するに、ふつーの中年のふつーの反応である。

更紗もまた、このおっさんを見ても顔色一つ変えなかった。じろじろ見られるのには慣れているのだろう、徹底して無視していた。

……やはり考えすぎだったか。

「どうかした？」

いつの間にか、更紗が横を歩いていた。

後ろの車を振り返り、「あの車がどうかした？」と質問してきた……探るような目で。

「いや……ちょっとな。俺の気のせいだったみたいだ」

更紗は素っ気なく頷く。

「そう。……それで、お店はまだ？」

「もうすぐだ。あと五分ってトコだな」

——まあいい。

蔵太はそっと首を振る。気のせいなら、それに越したことはねーんだからな。

そう思いつつも、しっかりと車のナンバーだけは記憶の底に刻んでおく。いつか役に立つかもしれないからだ。

いきなり更紗が話を変えた。

「一緒にいた戸部君、髪の毛が派手だけど。あれは先生に怒られないの？」

「ああ……染めてるしな、あいつ。ふつーは怒られるだろうなあ。でもよ、センセーの側も、なるべく俺達とは関わり合いになりたくないみたいでな。なんも言われたことないそうだ。投げられてんじゃないか、多分」

自分は普通に黒髪なのだが、自らも含め、自嘲《じちょう》気味に答えた。

実際、どこのどいつが流したのか知らないが、「御崎と戸部の不良コンビは、中学時代に些細《ささい》なことで注意した教師を袋叩きにした」などという噂が広まっており、あるいは教師達はこの噂を耳にしたのかもしれない。

全くのでたらめではあるものの、注意されない以上、学は今後もトウモロコシ頭のままだろう。それが気に入らないのかと思った蔵太だが、更紗の返事は全然違った。

「そう……それじゃ、あたしがカラーリング（染髪のことか？）しても、放っておいてくれるかしらね」

蔵太は一瞬言葉を失い、派手な色のリボンで飾られた、更紗の頭を見やる。

思わず手で触れたくなる、さらさらした黒髪を眺めるにつけ、つい口を出さずにはいられなかった。

「……今のままでも、十分綺麗な髪だと思うけどな。余計なお世話かもだが」

更紗の頬が、ほんのりと赤くなった。

明後日《あさって》の方向へ顔をそむけ、

「な、なにも無理に染めたくないけど。でも、しょうがないじゃない。普通の黒髪より、その方が目立つんだもの」

「そういや、前もそんなこと言ってたな。なんで目立ちたいんだ？　学は確かに目立ちたがりの奴だが、宮前はそんなタイプに見えないぜ」

蔵太は思いきって直球を投げたが、更紗は答えない。よほど待ってからやっと小さな声で、

「あたしは目立つ必要があるのよ」と、前と同じ返事をしただけだった。

さっぱりわからないが……いずれにせよ、更紗は話してはくれまい。

蔵太にとっては寂しいことだが、未だ二人は単なる級友にすぎないのである。

蔵太がよく立ち寄る喫茶店『ジャンヌ・ダルク』は、いつものように客の姿もなく、馴染《なじ》みのマスターの「いらっしゃいませ」の声だけが迎えてくれた。

淡い照明を照り返すチーク材の床を踏みしめ踏みしめ、更紗と一番奥のテーブルに着く。蝶ネクタイを締めた白髪のマスターが注文を取りに来ると、更紗はハイソにもローズティーを。蔵太は習慣に従ってぼそっと一言、「ホット」と呟く。

二人に恭しく低頭し、マスターが去る。

ちなみに蔵太は常連なのに、この老人が「いらっしゃいませ」と「ありがとうございました」以外のセリフをしゃべるのを聞いた覚えがない。今日も、蔵太が学以外の誰かを初めて連れて来たというのに、仏像のように静かな表情を崩さなかった。

実は蔵太は、この老人のそういう渋さが気に入って、しょっちゅう来ているのである。

——注文した飲み物が来た。

蔵太はチビチビとコーヒーを啜《すす》り始めたけれど、更紗は湯気の立つティーカップの中身を見つめたまま、全く動かない。

今見ている水面に、この世界の真実が見えるのよ、といわんばかりの真剣極まる顔で、ひたすらティーカップの中を覗き込んでいる。

そのうちふっと顔を上げると、「ちょっとごめんなさい」と断りを入れ、席を立った。そして洗面所の方へぎこちなく歩き出した途端、なにもない床で盛大に蹴躓《けつまず》いてくれた。

「——おっと！」

とっさに手を伸ばして抱きとめてやる。

その刹那、蔵太は更紗と抱き合うような姿勢になっていた。彼女が思いっきり派手にコケたので、自然とそうなってしまったのだ。

陶然とする香りに全身が包まれ、ついでに大きく見張った瞳とミリ単位の間隔で見つめ合い、さすがの蔵太も喉が鳴った。

というか、これはまたどえらい体勢だった。自分の右手は相手の腰に回っており、左手はなんと更紗の胸に当たっていてとても豊かで柔らかい。——じゃなくて、非常に気まずい。

手をどければ済むことなのだが、更紗はあまりのことに頭がショートしたらしく、こちらの目を覗き込んだまま微動だにしない。

従って、相手の再転倒防止のため、蔵太も手を放せないのだった。いや、本当に。

三秒……五秒……更紗はまだ動かない。本来、恋人同士がする抱擁姿勢を保ったまま、こちらの目をひたすら見つめている。

蔵太もまた、単なる事故にせよ、生まれて初めて女の子を抱き締めたという衝撃のせいで、凝固が解けない。支えている細身の身体が妙に熱いが、これも自分の動揺故だろう。

そんな状態のまま、三十秒ほども過ぎただろうか。見つめ合ううちに、更紗の瞳に変化が生じた。やっとこのヤバい状況を把握したのか、黒瞳が派手に揺らぎ、みるみる顔が赤くなった。涙目になって身を起こすと、俯いたまま洗面所の方へ走り去ってしまう。すらりとした背中を啞然《あぜん》と見送り、蔵太はなんとなく右手の方を見た。

カウンターの向こうのマスターと目が合う。

老人はにこりともせず、ぐっと親指を立てた。

外で何度か深呼吸を繰り返し、蔵太はなんとか胸の動悸を抑えることができた。まだ会話らしい会話もしていないうちからこれである。先が思いやられてならない。

ともあれ、席へ戻ってさらに幾ばくか過ぎた後、やっと更紗が再登場した。椅子を引いて座ったその表情は、もういつもの怜悧な彼女である。さっきの騒ぎなど、初めから無かったような態度だった。薔薇の花びらが浮くローズティーを優雅な手つきで一口飲み、カップを置く。

超然とした、そのくせどこか寂しげな瞳で蔵太を見やり、いきなり用件を切り出した。

「さっきはごめんなさい。その……付き合ってくれてありがとう。あのね、あたしが勘違いした挙げ句、そのまま逃げちゃったから、一言、謝ろうと思っていたの」

ごめんなさい、と頭を下げる。

はい、これで用件終わり——とは言わなかったけれど、いかにもそんな風な、せかせかした言いようだった。

蔵太は反応に困り、

「あ～……なるほど。いや、別にそんなのは気にしちゃいないんだが。ただその――」

無意識のうちに片手をくるくる動かし、セリフを探す。

「つまりなにか、断った方は変更なしなんだな？　ダチになるのも困ると……そういうことでいいか？」

その時、ふっと更紗のよそよそしい態度が崩れた。なんというか表情から硬さが消え、辛《つら》そうな顔になって瞳を伏せる。

蔵太は急いで付け加えた。

「いやっ。俺はなにも、不平こいてるわけじゃないぞ。ただ、はっきり聞いておきたいんだ。後でうじうじ悩むより、その方がすっきりするだろ？　嫌いなら嫌いでいいんだって」

「あなたは――。いえ、御崎君は強い人ね」

更紗が微笑《ほほえ》む。

それは自然な笑みでは決してなく、どこか陰のある悲しい微笑だった。

「あなたを誤解していたみたいだわ」

「……それは、返事になってないと思うぞ」

真面目に反論すると、更紗はやっと答えた。

「ごめんなさい」

長い前髪がカップに浸《つ》かるほど、深々と頭を下げる。

「前はともかく、今はあなたのことは嫌いじゃないと思う。でも、あたしは駄目なの。誰とも、お付き合いできないの」

「駄目？　なにが駄目だ？」

「あたしはその……」

顔を上げた更紗の視線が泳ぐ。

血を吐くような声音でセリフを紡ぎ出す。

「普段から妙な行動取ってるし、おかしなこと口走るし、馬鹿みたいな格好してとても目立っているし――」

黙って聞いている蔵太をちらっと見やり、早口で続ける。

「つまり！　せ、精神的に、とても不安定だからっ。だから駄目なの。なにより、絶対に迷惑かけるから！　あなたに迷惑かけちゃうから！」

自分の大声に驚いたのか、はっと白い手で口を塞《ふさ》ぐ。その手は、明らかに小刻みに震えている。……激情に耐えるように。あるいは、なにかに怯《おび》えるように。

蔵太は、また涙目になった更紗の黒瞳を見た。言おう言おうと思っていたことを告げるなら、今である。他に機会はない。

本気であることをわからせるために、ゆっくりと落ち着いて話した。

「他の奴がおまえの……じゃなくて宮前のことをどう思っているかは、俺の知ったことじゃない。なにより大事なのは、俺自身がどう判断するかだろ？　それでだな……あ～、俺としては、宮前の発言をわりかし信じているわけだ。多分、信用してもらえないかもだが」

「いいえ、そんなことないわよ。御崎君の言うことは疑ってないわ」

その返事に、蔵太はぶったまげた。

今日の昼間——いや、数分前の更紗とえらく態度が違わないだろうか。自分のあまりの落ち込みぶりに、真実を見出《みいだ》してくれたとか？

まあ理由はおいといて、初対面からこっちロクでもない対面ばかりだったが、ようやく更紗の態度も軟化したようだ。

「そうか、それならいいんだ」

蔵太は姿勢を正し、更紗にはっきりと告げた。

「知っての通り、俺は頭が悪いから、回りくどい言い方をしたくてもできない。だから、これは表裏のない申し出なんだけどな」

珍しく目を逸らさず、更紗が魅せられたように蔵太を見つめている。お蔭で随分と緊張したが、なんとか照れずに最後まで言えた。

「——なにか困ってることがあるんじゃないか？　心配ごとがあるんじゃないか？　話してくれたら、もしかしたらなんか手伝えるかもだぜ。……あ～、もし手伝えなくても、話すだけでだいぶ違うと思うけどな。どうだ？」

気のせいかもしれない。

自分の願望、あるいは希望的観測という奴かもしれない。

だがその瞬間、確かに更紗の瞳が瞬き、助けを求めるように自分を見返したと思う。切実で、しかもひどく切羽詰まった感情を込めつつ、なにか言おうとしたのだ。あたかも、絶望した自殺志願者が、最後の救いを求めるように。

しかし、更紗はすぐに平静を取り戻した。

もはや綺麗な黒瞳から迷いは消えていた。それがどんなものであれ、決断してしまったのだと蔵太は悟った。

寂しい笑みを浮かべ、更紗はそっと首を振る。

「勘違いしているわ、御崎君。噂の方が正しいの。あたしはただの変人なんだから、深読みしちゃ駄目。でも――」

深く優しい声音で続けた。

「御崎君の気持ちはとても嬉しかった。ありがとう……」

言いながら、ゆっくりと席を立つ。

更紗にとって、話はもう終わったのだった。

「待ってくれ！」

蔵太は思わず呼び止めた。

「いいのか、それでほんっとうにいいのか？　ずっと一人で苦しんで、それで平気なのか。つ｜

か、寂しくないのかよっ」

背中を向けた更紗が、一瞬、足を止める。

振り向かずに肩を震わせ、か細い声が囁いた。

「……わかりきったこと、訊かないで」

わかりきったことって……どれを指して言うのだ？

しかし——もう更紗は歩き出していた。


虚脱状態の蔵太が店を出たのは、更紗が帰ってからさらに十分も後のことだ。のろのろと財布を出そうとする蔵太に、マスターは黙って首を振った。

どうも、更紗が蔵太の分まで払って出たらしい。心ならずも、おごられてしまったわけだ。たくましい肩を落とす蔵太に、マスターはいつもの慣例を破ってこう言った。

「前へは進んでますよ……ちょっぴりね」

——言い返す気力もない。

☆

一人住まいのアパートに帰る頃には、とうに日が暮れていた。

二間あるうちの奥の部屋に入ると、電話の留守電ランプが点滅していた。蔵太はまず、それを押してみる。

もはや限りなく他人に近い母親の声が、遠慮がちに響いた。

『元気にしているかしら？（咳払いの音）それでね、ええと……どう言ったらいいかな。その、もうすぐあたしと遠藤さん、都心の方へ引っ越すのよ。連絡先は、後日また電話するわ』

長い沈黙の後、さらに続く。

『じゃあ、しっかりね……せっかくがんばって入学したんだから、ちゃんと通うのよ、学校。いいわね……』

再生が終わって沈黙した電話機を、蔵太はしばし皮肉な目で眺めた。

わざわざ、留守に決まっている昼に電話ってのは、なかなかいい手だと思う。機械の声が相手だと、気を遣うこともない。正直、蔵太にしても、見知らぬ男と二人で引っ越す母親に対して、なにをどう返事していいのやらわからない。

こうして伝言だけで済ませてくれる方が、有り難いのかもしれない。ものは考えようだ。

それと、また電話するそうだが……その約束がアテにならないのは確かである。あるいはこれが、母親との本物の別れになるかもしれない。なんとなく、そんな予感がした。

――それならそれでもいい。

親父はお袋よりもさらに希薄な存在と化し、今や銀行通帳に記入される振込人でしかないが、それだって気にするこっちゃない。両親は後腐れなく別れ、そして互いに新たな相手を見つけて別の人生へＧＯ。めでたい話である。

後は、俺一人でやっていけばよかろう……問題はない。

「居場所の無くなった俺は、俺なりに生きてくさ。……どうってことねー」

頑固な表情を崩さずに呟き、蔵太はやっと電灯のスイッチを入れた。

フローリングの部屋に、柔らかい明かりが満ちる。と、蔵太はふっと顔をしかめた。

パソコンの前に立ち、マウスを眺める。それは、マウスパッドの右の方へ寄っていた。

じいっと眺め、ややあって肩をすくめてマウスを中央に戻す。

まあ……いくら癖とはいえ、そういうこともあるだろう。更紗の影響を受けてナーバスになっているのだ、多分。

ところで、今でこそ蔵太のゲームマシンと化しているが、これは本来は親父の物である。パーツを選び、彼が自分で組み立てたのだが、蔵太はゲームかネットサーフィンにしか使っていない。

で、今日のところは電源を入れる気にもならず、蔵太はどさっと椅子に腰掛けた。

今現在の悩みに集中する。

選択肢は二つある、と思う。一つは……今日を限りに更紗のことは忘れ、アイダホ辺りに住む見知らぬアメリカ人同様、自分の人生には全く関係ない奴だと割り切ることだ。

これ以後はお互い、不干渉。更紗がどんな奇行や奇妙な発言をやらかしても、完全スルーを決め込む。無関心、万歳。

そして二つめ。この際、嫌われてもいいからとことん更紗に関する情報を収集し、自分が手助けできそうなことを（勝手に）見つけるのだ。あいつには謎が多い。調べることは幾らでもあるだろう。例えば、なぜああまでして目立つ必要があるのか。さらには、どうして武器など身に帯び、常に警戒しているのか。

そもそも、「警戒する」ということと「目立つ格好をする」ということの二つは、まるで相反する事柄ではあるまいか。

蔵太が思うに、あれほど警戒心が強い奴は、普段から地味な格好をしているはずなのだ。ゴスロリファッションなどもってのほかだろう。ピエロ装束をしたゴルゴ13みたいなもので、つまりは有り得ない。目立てば目立つほど、仮想敵（それが誰かは知らんけど）に狙われる危険性が増すはずなのだから、当然だ。

――まだ肝心な点を忘れていた。

あの拳銃がもし本物だとして、あいつは一体、どこでアレを手に入れたのだ？

エアテイザーだけならまだわかる。今でこそ所持禁止だが、かつては通信販売で売っていた物なのだから。しかし、さすがに拳銃は無理だ。一介の高校生の手に入る武器ではない。

「……それとも、本当にモデルガンなのか」

蔵太はガシガシと頭をかきむしる。

全ては推測でしかない。決め手に欠ける以上、どんな可能性だって有り得る。

そもそも、更紗が精神科に通っている事実を無視するわけにはいかない。

本人も「精神的に不安定だから」と言ってたくらいだ。ならば一から十まで全部、更紗の思い過ごし――キツい言い方をすれば、妄想かもしれないのだ。

モデルガンを持ち、おかしな格好をしたアレな少女。実はそう解釈するのが一番正しいのではないか？　自分でそこまで考えたくせに、蔵太は宙を睨んだまま首を振った。

いや……俺は、どうしてもそんな風に思えない。

さっきサテンで見せた、あの目つきは忘れられない。あれは絶対に、なにか助けを求める者の目だった――と思う。

それにだ。なによりかにより、更紗は『あなたのことは嫌いじゃない（と思う）』と言ってくれたではないか（カッコ書きの部分は無視）。ならば、ためらう理由などない！

「そうだな――。よし、俺は決めたぞ」

蔵太は晴れ晴れとした気分で立ち上がり、電話に手を伸ばした。白状すれば、大いにやる気が出ていた。少なくとも、勝手にどこぞへ引っ越すお袋や愛人と同居中の親父のことで思い悩むより、ずっとずっと意義のあることだ。やるだけの価値はあるはず。

『あ、学か。――おう、まあそのことだけどよ。ちょっと、手を貸してもらいたくてな』

迷いや憂いが消えたせいか、蔵太の声には力強い張りが戻っていた。

☆

入院患者専用の病棟を、制服姿の更紗が歩いている。

本来、病人を見舞える時間帯ではないのだが、試しに受付で頼んでみたら、あっさり許可されたのだ……なんだかそれが、かえって怖い。

だって、規則を破ってまで会わせてくれるのは、病院側もおばあちゃんの先行きに希望を持っていない証拠ではないだろうか。

更紗はそう思うのだ。

「やあ、また来たね！」

いきなり話しかけられ、ぼやけていた更紗の黒瞳が焦点を結んだ。

見ると、縦縞の寝間着姿の男が、廊下を塞ぐように立っている。

更紗より二、三歳ほど年上だろうか。女の子慣れしているのか緊張した様子はまるでなく、爽《さわ》やか笑顔を全開放射していた。

ナンパ師レベル5——成功率もそこそこ、という感じである。

「よく会うねえ。毎日見舞いとは感心だよ、うん。あ、どうだい？　もし良かったら見舞った後でちょっとお茶でも」

「……ここ、病院ですけど？」

来世紀まで続きそうなナンパ的おしゃべりを、更紗は冷ややかに遮った。第一、よく会うもなにも、自分的には初対面である。誰よ、このヘリウムガス並みに軽い人は？　そんな思いを敏感に感じ取ったのだろう、無駄に明るい若者は、わざとらしく悲しそうな顔をした。

「あれー。僕のこと覚えてないかなあ。せっかく、ここ数日廊下で会うように顔見せ——じゃなくてっ」

ちょっと早口になった。

「ほら、廊下で会うでしょ。ここ最近？」

もはや答える気にもなれず、更紗はそっと吐息をついた。周りを見渡す……幸い、廊下に人影はない。それなら——。

「わかりました。お付き合いしてもいいですよ。あたしのおまじないに合格したら、ですけど」

気だるい声でそう返す。

ナンパ師は、保険金詐欺に成功した犯罪者の笑みを見せた。

うきうきと、

「おまじない？　なになに、どんなのっ。いいよ、君と交際できるならなんでもやるさ！」

……お茶を飲むだけだったはずなのに、いつの間にレベルアップしたのか？

おととい来い、という代わりに、更紗はナンパ師に向かって手を伸ばし、掌《てのひら》を相手の胸につける。

「これがおまじないです……邪《よこしま》な人を退けるにはもってこいの。ただ掌で触れるだけですけど、

『デリート』とか『キャンセル』って命名すると、ちょっと個性的な呪文《じゅもん》に聞こえませんか」

「は？　なにが――」

ぶつっとセリフの途切れた若者を、もはや一顧だにせず、更紗は何事もなかったように歩き出した。突き当たりの個室前まで来て、やっと振り返る。例の男はもう我に返って引き返しつつあり、首をひねりながら歩いていた。たまたま更紗と目が合ったが、もうなんの反応もない。そのまま、自分の元いた病室に帰ってしまう。

警備員さんが常駐する病院だからって、気を抜いちゃいけないわね。

更紗は大いに反省した。

今度から気をつけよう……あんなのだったから良かったものの、もしも――。

そっと首を振る。軽いノックの後、更紗も祖母の病室へ入って行った。


更紗には父方の祖母が一人いる。

最近は見舞う度に少しずつ悪くなっている気がする彼女だが、今日はいつにも増して辛そうに見えた。真っ白な髪はすっかりつやを失い、乱れたままになっている。肌もかさかさだし、呼吸も少し荒いようだ。

それでも祖母は、更紗を見ると弱々しく微笑んでくれた。

その笑顔に元気な時の面影を重ね、更紗は暗い気持ちになる。しかしその思いは顔に出さず、明るく声をかけて折りたたみ椅子に腰掛けた。

「こんにちは、おばあちゃん。今日の具合はどう？」

「ええ、ええ。今日は、いつもよりはだいぶいいみたいよ」

「そう……良かった」

弱音を吐いた例しがない人なので、この発言は実は全然信用ならない。心臓も弱っているそうだし、危ない状態に決まっているのだ。

わかってはいるものの、更紗は元気にこう言うのだ。

「少しずつ良くなっているのね、きっと。早く退院してまた――」

一緒に暮らしましょう……最後の言葉は、口に出せなかった。

今のままで一緒に暮らせるわけがない……自分でもそれがわかっているせいかもしれない。

祖母は、急に表情を曇らせた更紗をじいっと見つめ、穏やかに尋ねた。

「あなたはどう？　入学した学校で、上手《うま》くやっているの？」

「え、ええ。やだなあ、おばあちゃん。最近、同じことばかり訊くよ？　言ったじゃない。友達も一杯できたし、毎日楽しいって」

顔を上げ、いかにも楽しそうな表情を作って言う。

祖母もまた、にこやかに頷く。

でも……この人は知っていて、わざと合わせてくれている気がするのだ。だから、毎日同じことを訊くんじゃないだろうか。無理しなくていいから本当のことをお言いなさい、という気持ちを込めて。ちらっとそんな考えが頭をかすめたせいだろう、更紗は思わず口を滑らせた。胸に秘めておくつもりだったのに、気が付いたら話し始めていた。

御崎蔵太という同級生のことを。

見た感じ、凄《すご》く怖そうに見えること、でも話してみると意外に優しそうな人だったこと、いつも、痛いほど真っ直ぐにあたしの目を見て話すこと等々……。祖母は熱心に耳を傾け、要所要所で的確な質問をしてくる。そのせいか、いつの間にか彼について知っている限りのことを白状させられていて、更紗は内心で焦った。さすがは年の功だ。

「——そうなのぉ。その子はきっと、不良なんかじゃないんですよ。皆の噂の方が間違っているんでしょう、ね？」

「……うん、そう思う。そういえば、本人も自分が不良だとは思ってないみたいだったわ」

「でしょう？　生き方の不器用な人なのねえ、きっと。戦国時代とかに生まれていれば、案外、英雄になれたかもしれないわよ〜」

ころころと笑う。

しわがれてはいたが、その笑い声は未だに不思議な魅力に溢《あふ》れ、更紗の耳に心地よく響いた。聞いているとなんだかこっちまでほっとするのだ。

だが次の瞬間、思わぬ奇襲を食らった。

「それで、告白されてお返事はしたの？」

「ええっ！　あたし、告白のことなんて話したっ？」

飛び上がりかけた更紗に、祖母はまたしてもころころ笑う。

「わかりますよ、それくらいは。こう見えても、長く生きていますからね」

「り、理由になってないもん」

拗《す》ねたようなセリフに、祖母はまた笑う。

しかし、すぐに真面目な顔を取り戻した。

「で……お返事はちゃんとしたのかい？」

もう嘘はつきたくない、けれど本当のことを言うと悲しませるかも。

そんなジレンマに陥り、更紗の笑顔はしぼんでしまう。祖母はまたじいっと更紗を見つめ――

ふいに手を伸ばす。

「ちょっと、頭を下げてごらん」

「え……。こう？」

訳がわからないまま、更紗は頭を下げる。

すると、そっと手が伸びてきて、頭を撫《な》で始めた。

「よしよし、いい子いい子……いい子だねえ」

「な、なにそれ」

思わず苦笑した。

祖母はやけに自慢そうである。

「昔はねぇ、泣いている時にこうやって撫でてあげたら、すぐに泣きやんだのよ、更紗は」

苦しそうな息の下から、休み休み言う。

「泣いてないわよ、別に。だいたい、それっていつの話なんだか」

「ほんと、いつの話だろうねえ」

くすくす笑う声。

釣られて笑ったが、祖母はまたまた驚くことを言った。

「でも、更紗はあの頃と変わってないのよ。あなたはふつーの、優しい女の子なんだからね。ちゃんと、それがわかる男の子だっているんだよ。その子にお返事、してあげなきゃねえ」

「里江《さとえ》おばあちゃん……」

更紗は思わず息を呑む。

普通の普通の普通の……同じ言葉が頭の中でリフレインする。偶然だろうか……それとも、とっくに知っていたのだろうか、この人は。そんな素振りも見せたことなかったのに、まさか。

おばあちゃん、ともう一度呼ぶ。

祖母がまた手を伸ばし、更紗は自然な動きでか細い腕の中に抱かれた。また髪を撫でる手……優しい手……あたしを気遣ってくれる……。

「いい子いい子……。幸せになりなさいね、更紗」

子守歌のような祖母の声を聞き、更紗は声を出さずに泣いた。ほんの少しだけ。

それが、更紗が祖母と話した最後の晩になった。

更紗と話した日から日曜を挟んで数日、蔵太は学校をサボった。

なにをしていたかというと、ず～っと図書館やら大学巡りをしていたのである。

蔵太の考えはこうだ。更紗自身について調査するのは無理っぽいので、まずはあいつの祖父だったじいちゃんから攻めてみるかと。これは蔵太の全くの山勘なのだが、とっかかりとして肉親から攻めるのは悪くないだろう。問題のじいちゃんはもうお亡くなりになってるし、本人も苦情を言うまい。

というわけで、優秀なガクシャだったそうだから、図書館やら大学やらで調べれば、なにか詳しいことがわかるかもしれん。それっ、行動だ！

☆

その計画とも呼べないようなアバウトな行動は、当然ながらあまり成果を結ばなかった。だがとりあえず、図書館の司書や大学のキャンパスでつかまえたその道の学生達などをしつこく質問攻めにして、辛うじて三つのことが判明した。

その一、じいちゃんの本名は宮前武《たけし》であり、確かに考古学者ではあった。大学の教授として勤めた経験もある。ただし、別に学者として有名だったわけではない。この点、学の情報は正確さを欠いている。

その二、彼は『オーパーツ（おっぱーは誤り）』とやらを研究していた異端の学者であり、考古学の世界では相手にされていなかった。

【その二の補足】オーパーツとは『場違いな遺物』という意味で、その年代に到底あるはずのない物や遺跡を指して言うらしい。

その三、彼の家は裕福ではあったが、桁外《けたはず》れの大金持ちというわけではない。なのに、ある時期を境に急に大金を手にした。

きちゃない字で書かれた手帳の項目を睨みつけ、知恵熱が出そうなほど長考した挙げ句、蔵太は自信を持ってこう結論付けた。

三番が特に怪しい、と。

……長考するまでもなく、誰でもわかる。

そして、今日も蔵太は図書館に来ている。

目的は、二十年近く前に自費出版したという宮前氏著作の本なのだが、今のところは見つけられずにいる。しかし、彼が勤めていた大学で聞いたところでは、「少なくとも数冊は県内の図書館に寄贈したらしい」ということなので、どこかにはあるはずなのだ。全然見つからないが。

しかも、今日ここを当たって見つからなかったら、結局、県内の図書館では一冊も見つからなかったことになり、無駄足もいいところである。

難しい顔で閲覧室に入室した蔵太は、真っ直ぐカウンターへと向かった。

苦労の甲斐《かい》あって、本の捜し物は司書に訊くのが一番、というのをようやく学習したのである。

「ちょっといいか……いや、いいですか」

「は、はいいっ」

地味なスーツ姿の眼鏡のお姉さんは、思いっきりビビった顔でがたっと椅子を引いた。

なぜか、電話の方へ手が伸びている。内線でガードマンを呼びかけたらしい。

いちいち気にしないことにして、蔵太は尋ねた。

「宮前武ってガクシャさんが書いた本、ここにないスかね。自費出版の寄贈本だそうで」

「ああ〜、アレ。ありますよ」

「あ、やっぱり。どうもお世話さま——」

回れ右の途中で、ようやくいつもと違う返事に気付く。そもそも、即答されたこと自体が有り得ない。

「うおっ。ホントですかっ。あるんですね！」

「きゃっ」

お姉さんは半ば腰を浮かし、ぐぐっと迫った蔵太から遁走《とんそう》しそうになった。

苦笑して身を引く。

「あ、すんません。ちょい嬉しかったんで。で、どこです、その本」

怯えた顔がアレだが、棚の場所はスラスラ教えてくれた。新手の詐欺にあったような気分でカウンターを離れた蔵太だが——ふと思いついて足を止める。

「あ、もう一つ。あんた……じゃなくてお姉さん。なんで速攻で返事できたんです？　普通は、パソコンで調べたりカード調べたりするんじゃ？」

「ああ、それは」

やっと慣れてきたのか、お姉さんは微かな笑みを見せてくれた。

「三日前の夕方だったかな。同じことを訊きに来た人がいるんですよ」

蔵太は数秒ほど、まじまじとお姉さんを見返してしまう。さりげない声を出すのに苦労した。

「……なるほど。で、どんな奴——いえ、どんな人でした？」

「その人ですか？　とても感じのいい人でしたよ。ええと——」

にこやかに応答しかけたお姉さんは、ふと眉根を寄せた。コーヒーの中で溶けゆくクリープのように、お愛想笑いがすうっと消えてしまう。

蔵太は嫌な予感がした。

「変ね……」

二十歳そこそこに見えるお姉さん司書は、額に手を当てて長考し続けた。

挙げ句、すまなそうにこう言った。

「ごめんなさい、思い出せないわ。なんだか、印象に残った人なんだけど……。記憶がそこだけぼやけてて……おかしいわねえ」

自分でも不審そうだった。

どこか苦しそうな表情が印象的である。

「どうしても思い出せませんか？　もしかすると、凄く大切なことかもしれないんで」

頼みます、と片手拝みで頭を下げてみた。

「お、教えてあげたいけれど。なぜだか、白い手……というか、掌しか思い出せないんです。掌があたしの顔の前に迫ってきて、それから――」

「それから？」

眼鏡の奥で、理知的な瞳が遠くを見るように細められる。思い出そうと努力しているらしいが、結果は同じだった。

「ごめんなさい、やっぱり駄目。思い出しそうなんだけど……そこまでしか」

「じゃあ、その人は男だった？　それとも女？」

呆れたことに、お姉さんはこれにも答えられなかった。弱々しく首を振るのみである。

自ら不審さを声に滲ませ、続ける。

「性別さえ思い出せないなんて。これって、絶対に妙ですよね……」

こちらを見上げる瞳が、ふっと揺らぐ。

表情に、得体の知れない『なにか』に対する、恐怖が浮かんでいる。

「感じのいい人だった――そんな気が確かにするのに。白い掌以外は、すっぽり忘れているみたいだわ」

なんだか気味が悪い……最後にそう呟き、お姉さんはわずかに身を震わせた。

敵がはっきりしないことほど、イライラするものはない。対象が謎に満ちていれば、なおさらだ。トワイライトゾーンに足を踏み込んだ気持ちをたっぷり味わいつつ、蔵太は仕方なく教えられた本棚を目指した。

そこは同じような棚が並ぶ一番奥で、しかも見上げるほど高い位置にある最上段だった。

「Z－528……と。合ってるな、うん」

踏み台を持ってきてその上に立ち、てっぺんで孤高を保っていた本を抜き取る。背表紙を見て、蔵太は眉をひそめた。

なにか金色のシールが貼ってあるのだ。

「なんだぁ。き、きんおびでる？　いや、『きんたいしゅつ（禁帯出）』と読むのかこれ？」

床に降り立ち、しばし考える。

よくわからんが、多分、「貸し出しはできねーぜ」という意味かもしれない。まあ、それならここで読むだけのことである。

密かに心配したように、わけのわからん「誰か」に持ち去られなかっただけでも有り難い。

本自体は、普通の文庫本より少し装丁が贅沢《ぜいたく》なくらいであり、他にこれといった特徴はない。ただひたすら汚くてぼろっちいだけだ。灰色の表紙に、タイトルが『知られざる遺物とその考察』とある。間違いなく探していた本である。難しいガクジュツ書を除けば、宮前氏が出した唯一の一般向け書籍だそうな。……自費出版の上に、これ一冊しか見つからなかったけれど。早速それを持ってテーブルに行こうとした時、本からなにかが落ちた。

反射的な動きで腰をかがめ、そこで蔵太は石になった。

拾い上げたのは真新しい白い洋風の封筒であり、表にタイプ打ちの真っ赤なフォントでこう書いてあったのだ。


「君に警告する」


蔵太は勢いよく立ち上がり、きっと周りを見渡す。警戒モード全開、怪しい奴の姿を求めて辺りをくまなくチェック。必要とあらばぶん殴るつもりで、既に拳《こぶし》まで固めていた。

休憩中らしき、ソファーで居眠りしているサラリーマンが一人。大学生風の男女が数人、怯え顔でこちらを見ている。他数名は蔵太に気付きもせず、熱心に読書中だった。

平日故に閑散とした部屋に、妙な奴は一人もいない。

どこのどいつか知らんが、一体これはなんのつもりだ? 俺がここへ来るのを知っていた? いや、まさかそれはあるまい。すると俺でなくとも、誰かが来ることを見越していたというわけか。

現に、あのお姉さんはこの本について訊いた奴がいたと証言しているし。

頭の中で色んな可能性を検討し、蔵太は眉間に深い皺を寄せて封筒を睨みつけた。

椅子に腰掛ける間も惜しみ、その場で開封する。

中身は折り畳んだ紙が一枚入っているだけだった。広げてみると、文面は普通の黒いフォントで、内容はこうだ。

——警告する。この一件は、残念ながら君の手に余ると言わざるを得ない。

悪いことは言わない、手を引きたまえ。なにも心配する必要はない。例の彼女についても、事態はこれ以上悪くならないと約束しよう。

放置しておいてくれれば、私が責任を持って対処する。

秘密暗号書を目にした気分で、蔵太は文章を三度読み返した。

当惑と得体の知れない腹立たしさを鼻息に変え、ブフーッと噴き出す。

しかめっ面のまま何気なく顔を上げ、そして周囲の様相が一変しているのにやっと気付いた。

まるで、無防備な背中から氷の剣で一撃されたようなものだ。足下から背中にかけて、さざ波のように悪寒が走る。自分が息を詰めて固まっていることとさえ、蔵太は意識していなかった。

——さもありなん。

さっきまで無害だった人々が、親切な司書のお姉さんをも含めた部屋中の人間、総勢十名ほどの全員が……蔵太を見てほくそ笑んでいた。

それは妙にいびつな、嫌ぁな笑い方で、なにか人外の者が洩らすような笑みだった。皆、その場でしていたことを中止して、こちらを見てにんまりと笑っているのだ。

おまえのことはなにもかも知っているし、これからやろうとしていることも、とうにわかっているのだ。あたかも、そんな表情で。

胆力に優れ、喧嘩慣れしている蔵太でさえ、震えを催すような光景だった。

息苦しさを覚え、やっとまともに呼吸を再開し、蔵太はふらっと足下を乱す。いつになく激しい動揺に襲われていたものの、同時に心の中で真っ赤な警告ランプが点灯していた。

『落ち着け、御崎蔵太！　これはどう考えてもおかしい。さっきのお姉さんの態度を思い出してみろ。あの心細そうな態度が演技だと思うか？　馬鹿な、そんなはずはない。むしろ、この光景こそがまやかしに決まっている！』

そうかもしれないし、そうじゃないかもしれない。しかし、手当たり次第にぶん殴って回る前に、試した方がよい。

瞬時にそう判断した蔵太は、一度目を閉じ、何度も深呼吸して恐慌を追い払ってから、もう一度ゆっくりと目を開けた。慎重に部屋を点検する。

……何事もない。誰も蔵太を見てほくそ笑んだりはしていなかった。数名がそっとこちらを見ていたが、あれはむしろ怯えた顔であり、見慣れた態度である。

悪夢は、いつの間にか過ぎ去っていた。

なんだったんだ、今のは？　思わずため息が出た。

二百歳を超えた老婆のようによろぼい歩き、手近な椅子にどさっと腰を下ろす。

汗ばんだ手の中にはちゃんと例の本もあり、蔵太は恨みがましい目つきで素っ気ない表紙を見据えた。詳しいことはまだなにもわからないが、少なくとも一つだけ確信した。

宮前更紗の、いつも警戒するようなあの態度、そして派手な服装……。これらには、やはりなにか意味があったのだ。

それともまさか……自分もまた、電波系に染まってしまったか。

一体、どっちなのだろう？

もちろん、答えてくれそうな奴は誰もいなかった。


ちょうどその時、外には一人の少年がいた。

「強い人だ……」

呟きと同時に、見上げていた図書館の窓に見切りをつけ、歩き出す。

たまたま彼とすれ違った女子高生達が、二人そろって振り返った。

「ねえ、キッコ。今の人、ちょっとかっこよくなかった？」

互いに足を止め、遠ざかっていく背中をじいっと観察している。

「うんうん、もっと近くで見たかったねえ。でも、ああいう人はちゃんといい人がいるんだよ、既にさ。それか、好きな人がね！　世の中、そんなもんだって」

「やだなぁ、誰もそこまでゆってないよぅ。キッコったら先走りすぎ！」

華やかな笑い声が弾ける。

しかし、その対象となった人物は既に雑踏の中に紛れてしまっていた。

☆

黙々と本を読み、必要と思われる場所はコピーをとり、蔵太は陽が傾きかけた頃にやっと家に帰った。普段読まない類《たぐい》の本なので、理解するまでに長時間かかり、今やクタクタである。もちろん、例の悪夢にも似た体験も、疲れに一役買っているだろう。

それほどの苦労をしたのに、結局は中途半端な成果しか得られなかった。実に業腹である。というのも、あの自費出版本は、肝心な部分が一部カッターで切り取られていたのだ。結論部分が数ページにわたって。

もちろん、こんなことをしやがったのは、あのちゃらけた警告文を置いていった奴だろう。誰かは知らないが、そいつは俺が真実を探るのを妨害する気らしい。親切を装ったようなスカした文章だったが、なんのことはない、そいつ（あるいはそいつら）こそがこっちが探し求める敵なのだ！

蔵太は無意識に肩を怒らせ、むっつりと玄関の鍵を開ける。

乱暴に靴を脱ぎ散らかして上がり、奥の部屋で電気のスイッチを入れた。

と、明るくなった部屋の一角を見て、上着を脱ごうとした手が止まってしまう。蔵太の注意を引いたのは、パソコンデスクである。キーボードの横に置かれた白いマウス……そのマウスが、マウスパッドの真ん中よりやや左にズレている。

これで二度目だ。確か前は、ちょい右にズレていたと思う。

しかし、蔵太がパソコンを使った後は、それは中央に置いてあるはずなのだ。

なぜならもはや習慣になってしまっていて、自分でそうしようと思わなくても、立ち上がる前に無意識のうちにマウスを動かしているのだ。私的な定位置である真ん中に、必ずマウスを戻してしまう癖がついている。なのに、今はその位置からズレている。

偶然と考えるのが自然だとしても……短い間に二回も偶然が続くだろうか？

椅子に腰掛け、パソコンを起動。次々とフォルダを開けて点検してみる。ゲームとネットサーフィンくらいにしか使用しないとはいえ、特に異常はないと思う。思うが、絶対の自信があるかと言われれば、わからない。例えばただハードディスクの中身を覗くだけなら、痕跡など残さずに立ち去れるだろうし。

すっきりしない思いを抱え、蔵太は自分の部屋を見渡す。

なんだか、どこぞに誰かが潜んでいる気がして、いい気持ちがしない。狭いアパートの二間で隠れる場所などあろうはずもないが、気になるものはしょうがない。

ふと思う。もし自分が既に電波に侵されているのだとすれば、全くいい感じで坂道を転がり落ちているような。そのうち、誰かみたいに背後を気にしながら歩くようになるかもしれない。

皮肉な思いに苦笑したくせに、蔵太は立ち上がってさらに外を確認せずにはおれなかった。我ながら芝居がかっていると思ったが――。

映画で探偵がやっていたのを真似て、指でちょいと、ブラインドならぬカーテンの端を摘む。顔を寄せて、こそ～っと外の様子を窺《うかが》った。

もはや薄暗くなりつつある通りを、隅から隅までざっと見ていく。こうして見る限りでは、別に誰もいな――

いや待て。ありゃ……誰だ？　この窓から見下ろせるギリギリの位置、もう少しで蔵太の視界から外れそうな電柱の陰に、誰かが立っている。街灯の頼りない明かりに照らされ、スーツ姿の痩身が嘘くさいほどくっきりと浮かび上がっていた。

人待ち顔でしきりに腕時計を見ているのだが、合間合間にチラチラとこの窓に目をやるのが怪しい。とはいえ、男の様子にそのまま変化が見られなければ、蔵太といえども不問にしただろう。だが試しにカーテンを大きく開き、窓を開け身を乗り出しつつ睨んでやると、相手はきっちり反応した。わざとらしく時計を眺めるのをやめ、ささっと歩き出したのだ。

次の瞬間、蔵太は大声で怒鳴っていた。

「おい、そこのおまえっ。ちょっと待て！」

男は待たなかった。

それどころか、実に正直かつ、あっぱれな態度をとってくれた。つまり、いきなり全力疾走を始めたのである。蔵太は最初は唖然としてそれを見送り、次にたちまち頭に血を上らせた。

「待てっつってんだ、ぐらあっ」

喚いた時には、二階の窓から長身が飛び出している。

靴下のままで地面に着地、すぐに走り出し、ありあまる体力に物を言わせてアパートのブロック塀にジャンプ、見事に一発で塀を乗り越える。

後は歩道に躍り出て、猛ダッシュで追跡を開始した。バイクに乗るべきだったとふと思ったが、しかし、既に引き返す時間はない。なにしろ、視線の先にやっと男の背中が見えるくらいで、もうだいぶ距離が開いている。

「うおおおーっ！」

足の速さには自信がある。

長いコンパスを活かし、全体力を絞り尽くす気で蔵太は走った。

「くそっ。俺のニコチンパワーをなめるなよっ」

猛然とスパートをかける。

ニコチンパワーはともかく、いかに目つきが悪くとも、蔵太は成長期の少年である。相手も決して遅くはなかったものの、角を二つ三つ曲がって国道向こうの広い住宅地に駆け込む頃には、その差は相当に縮まっていた。

「覚悟しとけ、こらっ。てめーはぜってーに殴るっ」

ぐんぐん大きくなるスーツの背中に、固い決意を込めて叱声を浴びせる。

まだあいつがなにをしたという証拠もないのだが、今日のイライラのちょうどよいハケロだ。蔵太にしてみれば、八つ当たりせずにはおれん心境なのだった。

「なぜ追ってくる！」

驚いたことに、男が怒鳴って寄越した。

こちらを振り向かず、あくまでも前を見たままでだが、声をかけてきたのは間違いない。

「そっちこそ、なぜ逃げる！」

「君みたいなのが追ってきたら、それは逃げるさっ。僕は無実だ！」

「やかましいわ！　ポストが赤いのも電柱が高いのも俺が更紗と上手くゆかねーのも、それもこれもみ～んなてめーのせいなんだよ、馬鹿野郎があっ」

ヤケ気味に蔵太がそう怒鳴ると、どうしてだか男は笑った。走りながら気持ちよさそうに笑ったのだ。

「はっはっ、なるほど。一部については、案外、君の言う通りかもしれないなっ」

そして少し間を置き、

「とぼけるのはやめとこう。実際僕は、君を巻き込むことになり、すまないと思っているっ」

とか言いつつ、逃げるのはやめない。背中だけしか見えないから断言はできないが、まだせいぜい中年になるかならないかの年齢らしい。

「ラリってんのか、てめーはっ！」

訳のわからんことを吐《ぬ》かしくさるっ。

まず殴るっ、そして蹴る！　考えたり質問したりするのはその後でいいっ。

昼間にジュースを買った時、おつりの小銭を財布にしまわなかったので、ポケットの中で硬貨がジャラジャラ鳴る。その音を伴奏代わりに、蔵太は男をとことん追撃する。

と、後一歩で追いつく距離にまで迫った時、奴はいきなりぐんっと加速した。今までの走りが嘘のようにスピードを増し、蔵太との距離をまた広げる。

そして、とある家の角をひょいと曲がった。

「では、ご協力に感謝する、お疲れ様っ。若者よ、死に急ぐなよおおっ」

ふざけた声だけが後から響いてきた。

「また訳のわからんことをっ。なめてんのか！　逃がすかよっ」

蔵太は全力で追いすがり、やや遅れて同じ角を曲がった。

「うっ……」

否応《いやおう》なく、足が止まった。

曲がったその先は、真新しい入居前の建て売りがどこまでも並ぶ、住宅の密集地だったのだ。

積み木のようにびっしりと家々が並んでおり、しかも各家が細い道で仕切られている。すなわち、家ごとに曲がり角があったり。

あのふざけた爆走男がどの道へ逃げ込んだのか、見当もつかなかった。

「ちっきしょう！」

手近な家の角を手当たり次第に覗き込んで見たが、全て空振りである。スーッ野郎は、神隠しにでも遭ったように忽然《こつぜん》と消えていた。

歯ぎしりして悔しがったが、もうどうしょうもない。どうやら逃げられたらしい。

そして……そっちにばかり気をとられていたせいだろう。

一台の車が本道からこちらへ曲がり、やや距離を置いて止まったのを、蔵太本人はまるで気付きもしなかった。

もちろん、その車から一人の男が降り立ったのも、だ。

そいつは蔵太が憤然と左右を見渡している間にすっとその背後に近寄っていった。

背中になにか固い物を当てられ、蔵太は呪《のろ》い文句を吐き散らすのを中断した。すぐに振り向こうとしたところへ、「動くな、ガキ！」とはっきりと脅し文句を投げかけられ、動きを止める。背後の誰かは、混乱している蔵太に容赦なく命令を重ねた。

「手を上げるんだ、ボウズ。言っておくが、俺が持っているのは本物の銃だし、これは映画じゃないからな」

喘息《ぜんそく》にも似た掠れ声の、やたらと低い声だった。そのセリフから感じ取れる本物の殺意にびびったわけではないが、渋々、小さく両手を上げた。

しかし最近、誰も彼もが自分に「手を上げろ！」と命令しくさるような。頭にくる話である。

「クソが……仲間がいやがったのかよ」

悔し紛れのセリフに、ダース・ベイダーに酷似した荒い呼吸の嘲り笑《あざけ》いが返ってきた。

「さぁな。どっちにしても、一人で行動するような間抜けは、おまえくらいだろうよ。能なしのガキよ」

「うるせえっ。てめえこそ――」

「動くなっ」

背中が痛むほどグイグイと銃口（多分）を押し付けられ、仕方なく蔵太は口を閉ざす。心には灼熱《しゃくねつ》の怒りがあるが、さすがに今は自重した。

明日のために今日の屈辱に耐えよう――てな気分である。

「そう、それでいい……。質問するのは俺だ。正直に答えりゃ、撃ったりはしない」

ぜーぜーと男。

そして、いきなりカードを晒《さら》した。

「それで……おまえは、あの牝《めす》ガキの一体、なんだ？」

「はぁ？　自慢じゃねーが、俺は現国の成績は赤点ギリギリでな。ゆってる、意味がわかんねー。誰だよ、牝ガキってのは？」

ダース・ベイダー風の息漏れ男は、うんざりしたようにため息をついた。

「いいか、めんどくさい手間をかけさせるな。俺はもう、おまえの経歴から学校の成績から、果ては家のタンスに入ってるおまえの靴下の数まで知ってて質問している。くだらん韜晦《とうかい》はよせ。もちろん宮前更紗のことに決まってるだろう！」

「『とーかい』なんて言葉、知らねーよ。おまえの言う通り、俺ぁ頭が悪いからな。けど、そうか……おまえか。ひとの家を嗅《か》ぎ回りやがったのは」

また、ぜーはー呼吸をうるさくした男に先回りして、蔵太はさらに言ってやる。

「でもよ、実はちょぴっとだけ感謝してもいいかもなぁ。おまえらのお蔭で、俺はもう完全に吹っ切れた」

「……どういう意味だ？」

男は、無視しきれなかったようである。

蔵太はニヤッと笑い、

「おまえみたいなのがそういう質問してくるってのは、少なくともあいつの警戒心には、ちゃんと意味があるってことだ。疑わずに信じてた甲斐があったぜ」

「そう考えるのは早計だ。あの牝ガキは、おまえが考えるような奴じゃないからな」

ベイダー声の男に、あっさり否定されてしまった。

しかも、随分と馬鹿にした声だった。

「あいつにはちゃんと名前がある。牝ガキなんて呼ぶな！」

激した蔵太の口調に反比例して、男はあくまでも冷静だった。融通の利かない役所の係員にも似て、蔵太の希望は完全に無視した。

「命令は、武器を持ってる方がするもんだぜ、ガキ。いいか、俺の仕事は単純なんだ。だから、おまえにも単純な選択を与えてやる。質問に答えるか、それともここで死ぬかだ。俺としちゃ、どっちでもいいんだ」

「笑わせんな。質問に答えないくらいで殺すだ？　死体が出て困るのはそっちじゃないのかよ。警察沙汰《ざた》になるんだぜ？」

返ってきたのは、優越感に満ちた、いや～な声だった。

「警察沙汰、大いに結構。引っかき回されて困るのは俺の方じゃない。あいにくだったな」

ぜーぜーと低く笑う声。

狂気のエキスがどっぷり混じる、実にヤバい感じの笑い方だった。

数秒ほどでその笑いはやみ、男は最後通告を突きつけてきた。

「あまりにも哀れなんで忠告しといてやる。死にたくなければ、あの女との関係を正直に言え。さもなきゃ撃つ」

言ったそばから、「10、9、8——」などとカウントダウン開始。要するに、ゼロになると撃つぜ？　という意味だろう。さすがに、悠然と構えている場合ではない。頭に上っていた血の気が、さあっと引いてしまった。

「待て！　なんで更紗にそれほどこだわる？　理由はなんだっ」

「質問は聞かんと言ったはずだが……。だが、迷っているというなら、あえて一つだけ教えてやろう。——人間は、他者とは共存できない。それが理由だ」

「なんだとおっ。余計わからんぞこらっ」

しかし、もう返事はなかった。

ただ、カウントが刻々とゼロに近付くのみ。どうする、蔵太よ。こいつに屈して、大人しくしゃべるか。どうせ俺は、更紗に不利になるようなことはなにも知らない。つまり、問われるままに答えたところで、特にあいつは困りはしない（はず）。

しかし蔵太としては、ペラペラ話すことには抵抗があった。仮にしゃべっても更紗に悪影響などないにせよ、なんとしても退《ひ》きたくなかった。

これは、俺の更紗に対する「愛」への挑戦に等しい！

などと、誰が聞いても馬鹿としか言いようのない方向に思い詰め始めている。

だがカウントは既に3まできていて、認めたくはないが、首筋にはぷつぷつと汗が浮き始めている。死への恐怖という奴だ。いかに普段の生活に空《むな》しさを感じているとはいえ、この程度のことで大往生するのも気が進まない。

しかし、それでも――。

「2、1、ぜ――」

「待てっ」

「……危うく撃つトコだぜ。で、素直に答える気になったか？」

「ああ、答える。ただ、ちょっと手を下ろさせてくれ。ぶるっちまったせいか、つったみたいなんだ」

男はそのセリフが嘘か本当か見極めるように間を開け、結局は妥協した。

「まあよかろう……妙な真似はするなよ」

そして、離れていく気配。

不意打ちを食らわないように、少し距離を開けたようだ。

こりゃミスった……蔵太は早速、後悔した。というのも、ご忠告通りの「妙な真似」をするつもりだったからだ。具体的には、とっさに身を沈めて相手の足を払うか、あるいは思いっきり爪先を踏んづけて隙を作れないかと。

なのに、間合いの外まで男が離れてしまい、ただでさえ低い成功率が絶望的になってしまった。のろのろと手を下ろす間に必死で次の作戦を考えたが、あいにくもうなにも思いつかない。そもそも考えるのは苦手なのだ。ここはまだ人が入居前の住宅地で、どう考えても都合良く誰かが来るとは思えないし、銃声があったとしても聞く者さえいないようだ。早い話が、大ピンチである。

背後から督促の声がした。

「……質問を忘れたか？　おまえとあの女の関係だ。どういうきっかけで知り合った？　それと、なにか聞いていることがあるなら話せ」

『嫌だね』

口には出さず、あくまでも心の中で呟く。

しょうがない。かなり危険な賭《かけ》だが、急所に当たらなければまさか一発で死にはすまい。

などとヤバすぎる決意のもと、蔵太はイチかバチかの賭に出ようとした。筋肉に力をたわめ、身を低くしてさっと振り向こうとする。

――ところがその瞬間、双方にとって予期せぬ変化が生じた。

突然、大気を切り裂く鋭い笛の音がしたのだ。

ちょうど、警官が装備している警笛のような音で、静まりかえった住宅地にビリビリ響きまくった。蔵太の心臓が、一気に跳ね上がった。

半瞬ほど遅れ、誰かの野太い怒鳴り声が響く。


『二人とも、動くなあっ！』


だが蔵太は、既に起こしていたアクションを取りやめない。

ポケットに手を突っ込みながら振り向いた時、既に男は身を翻して逃走しかけていた。微かに、「罠《わな》か！」という忌々しそうな声が届く。蔵太はぼけっと敵の背中を見送らず、ダッシュで黒いスーツの背中を追走、相手に飛びつこうとした。

「ガキがっ」

気配を読んだか、男が動く。

まだ足は止めず、半ば振り向きながら銃を向けようと腕を伸ばす。ほんの一瞬、横顔が見えた。憎悪に染まりきった顔はしたたかでたくましく、まるで体育会系のコーチを思わせる。あるいは、格闘の専門家を。そのしぶとそうな顔に、蔵太はポケットから抜き出した小銭をフルスイングで投げつけてやった。

「食らいやがれ！」

この際、相手の真後ろにいたのが幸いした。男はとっさに首を振って避けようとしたが、不安定な体勢だったこともあり、必殺の八百八十円アタック（小銭の総額）を顔面でまともに受けてしまう。

「――！　ちっ」

「おまけだっ」

さらに、立ち止まった男の手をめがけて長い足で蹴り上げる。幸運はなおも続いた。

爪先が計ったように男の手首に当たり、握っていた拳銃を飛ばしてくれた。

「これで決まりだな！」

「ふざけるな、ガキっ」

どうやら神様は幸運のバーゲンセールをやめ、突如として公平さに目覚めたようである。

蔵太がとどめのつもりで放ったストレートを、男は今度こそあっさり避けた。そして、体勢が崩れた蔵太の前に躍り込んでくる。男の右腕が霞《かす》んだ。驚いたことに風切り音が聞こえた。それほどスピードの乗った、しかも重いストレートだった。もし、反射的に身を引いて打点をずらしていなければ、内臓くらいは破裂したかもしれない。

腹を中心に痛みが爆発した。

「ぐっ」

くたっと膝《ひざ》が砕けてしゃがみ込みそうになった。腹筋に力を込めていたのだが、それでもこの威力だ。男の追撃がこなかったのは、単にまた例の警笛が鳴ったせいである。

そして、男が乗ってきたらしい車からもクラクションの音。

『罠だ、溝口さんっ』

別の誰かが怒鳴る。

こいつの乗ってきた車の同乗者だろうか？

ともあれ、そのお蔭で蔵太は助かった。

「わかってる！　いま行くっ」

そう言い残し、男はさっと引き上げた。銃を回収することもせず、蔵太に捨てゼリフを残すこともせず。

十数秒の後、腹をさすりながら蔵太が立ち上がった時、もう車はとっくに消えていた。


よろよろ歩きで、とりあえず男が捨てた銃がまだあるか見に行った。

予想に反し、斜め向こうの家の庭に落ちているのが見つかり、蔵太は首を傾げながら拾いに行く。例のどえらいパンチの持ち主は、武器を回収しないままに逃げてしまったようである。よほど慌てていたのだろうか。

真っ黒な銃を拾い上げようとして、蔵太は少々ためらった。

よくテレビのドラマで見る展開だが。

銃とか血の付いたナイフとかを現場から拾った途端、待ってましたとばかりに警官がやってきて見とがめ、犯人でもないのに捕まったりする。

今の状況は、いかにもその黄金パターンにハマりそうな展開ではあるまいか。自分は疑いなく正義の側だと思うのだが、銃を手にしたところでいきなり逮捕とかされたら嫌だなと。

飲酒喫煙等で補導歴のある蔵太は、そんな風に思ってそっと周囲を点検した。

街灯もない空虚な住宅地は、夜の闇が支配しており、ぼけっと突っ立っているのは蔵太のみだった。誰もいない……辺りは静寂に包まれ、耳が痛いほどだ。しかし、あのおっさんがずらかったのは仕方ないとして、警笛を鳴らした警官か誰かがいたはずなのに、そいつもいない。

それとも、警察官ではなかったのだろうか。

笛を吹いて「動くな！」と言えば、もう警官に決まりだと思ったのだが。そういや、あいつは罠がどうとかほざいていたような……。念を入れて空っぽの住宅地をしばらく歩き回ってみる。

警官はおろか人の気配すら全くない。

今になって遠くからなにやら騒がしい物音も聞こえてきたが、ここは平和なものである。

広大な住宅地に、蔵太は一人で取り残されていた。

「なんだったんだ、あいつらは！　くそっ、腹がいてーし!!」

もう遠慮する気も失せ、さっさと銃を回収した。名前は知らんが、どう見ても自動拳銃で、ずっしりとした重みがある。マガジン（弾倉）を引き出すと、弾丸がフル装塡《そうてん》されていた。十数発は入っている。もう一度、しつこいほど念入りに周囲に視線を配ってから、蔵太は銃をベルトの内側に挟み込む。

悪戯心から、前にやったRPGを真似て口ずさんでみた。

「ピッヒャラヒャ〜ン♪　御崎蔵太はレベルが上がった。攻撃力が30アップ——てか」

笑いを消し、高らかに怒鳴る。

「おい、未成年が銃器を手にしたぜ？　誰かいるなら止めた方がいい。さもないと、このまま持って帰っちまうぞ！」

誰も止めなかったので、そのまま持って帰った。

第三章　脱いだ更紗

脱獄して逃走中の死刑囚のような気分で、蔵太は元来た道をひたひたと（靴下のままなので）歩いて戻った。

誰かに、銃を見とがめられないか気が気ではなかったが、別に誰にも呼び止められることなく、アパートに帰り着く。ベルトの銃をジャケットで巧妙に隠しつつ、二階へ。すぐに見慣れた顔を二つ見つけた。

自分の部屋の前でしゃがみ込んでダベっている、学と義人である。

「よう、遅かったな——て、俺達も今来たトコだけどよ」

「蔵太君、がっこサボりすぎ〜……て、その足、どうしたの？」

それぞれの言葉で声をかけられ、蔵太は疲れた笑顔を見せた。

「よう、お二人さん。靴下のままなのは、ちょっと訳ありでな。昼間は『未知との遭遇』で今さっきは『デッド・オア・アライブ』してたもんでよ。もうほんっと、疲れたわ」

二人とも、「さっぱりわかりません」という顔をする。無理もないだろう。

「まあ、俺の方の事情は後で話すさ。先におまえらの成果を聞きたいな。とりあえず、上がってくれや」

自らドアを開け、中へ通してやった。

友人達には二人がけのソファーに座ってもらい、自分はパソコンの椅子を引っ張ってきて正面に座る。学にはビールを、義人にはコーラの缶をそれぞれ渡した。

「温かいのが好みなら、言ってくれ。インスタントコーヒーくらいならできる」

「いいよ。僕、コーラ好きだし」

「俺も文句ねーけど、代わりに灰皿くれ」

立ち上がって持ってきてやり、蔵太はパチンと手を叩いた。

「さてと――。二人とも、すまなかったな。特に、義人にまで頼んで悪かったと思ってるぜ」

「やだなあ。友達の間でそういうことは言いっこなしでしょ。あ、でも――」

「どうした?」

「宮前さんについてはあんまりわからなかったんだ。ていうかさぁ、宮前さん、全然クラスメートとしゃべったことないみたいだねえ。だから、誰もな～んにも知らないみたい」

「そうか……。うん、そうだろうな」

気にするな、と蔵太は軽く頷く。

元々、そっちの方では収穫を期待していなかったのだ。代わりに、学の方を見る。悪友は、いきなり不気味な笑いを見せた。

「ぐへへへへぇ～……おめー、今度、俺にメシくらい奢《おご》らずにはいられねえぜええ」

「……顔面神経痛みてーな顔すんなよ」

「おっと。そういうバチ当たりなセリフは、これを見てからゆってくれや」

芝居がかったセリフとともに、横に置いてあった紙袋から何かを取り出す。

「ほれ、頼りになる学様の、黄金の戦果を伏し拝みな」

「なにをエラそーに。――て、これはおまえ……卒業アルバムじゃねーか！」

ずしりとくるそれを手に取り、蔵太は唸った。

表に○○中学云々の表記がある。つまりこれは――。

「もしかして、更紗の卒業した中学校の奴かっ」

「……ふ。ご名答」

気障《きざ》な手つきで真っ黄色の髪に櫛《くし》を入れる学。ちなみにあの櫛は、百円ショップで買った物だと記憶している。

「なるほど……でかした！　多少、エラそーでも許すぞっ。十分、自慢できるわなぁ」

「ていうかさ。これ、どうやって入手したの？」

呆れたのと感心したのと半々、といった顔で、義人が訊く。

学は櫛をポケットにしまい、ふんぞり返った。

「世の中にはな、諸君。こーゆうのを売ってる店があるんだよ。ま、かぁいい女子中学生の写真見て、ハアハアしたい兄ちゃんがいるんだろうねえ。需要はあるみたいだぜ、店主に聞くとさ」

「あははっ。それって、学君のことだったりしてぇ」

「ばっかやろー、俺は生身の方がいいに決まってら。それも、なにも着てない、生まれたままの姿がいいねっ。だいたい、ビーナス像だってほとんど裸じゃん？　究極の美は（女の子限定で）裸！　これで決まりよっ」

二人のじゃれ合いに加わるどころではなく、蔵太はなにか秘密解明のヒントになる物を探し、せかせかとページをめくっていく。

そして、修学旅行の思い出を集めたページで、驚天動地の写真を見つけた。

なんと、あの更紗が……いつも厳しく引き締まった顔しか見せたことのなかった更紗が、両脇を友人らしき女生徒に挟まれ、笑顔を弾けさせているのだ。

それは、蔵太が未だ知ることのない、更紗だった。

髪型も今のような変形ポニーテールみたいな奇抜なものではなく、ごく普通のストレートロングであり、表情には警戒感も寂しさもなく、ただひたすら楽しそうに笑っている。もう一枚、更紗が写っている写真を見つけたが、そちらなどは手を伸ばしてピースサインまでしていた。

「こりゃ……ホントにあいつかぁ」

蔵太の呟きに、馬鹿話をしていた学が身を乗り出して覗き込んだ。

「ああ、これだろ。俺も最初見た時にはぶったまげた。けどよ、今度はこっちを見てみろ」

ぱらら～っと横からページを繰り、さる場所を広げてみせる。

そこは校舎を前にした、クラス全員の集合写真のページであり、『三年生各クラス』とページタイトルにある。早速、更紗のクラスである3－Bを見やる。

あいつはすぐに見つかった。

最後列の一番端――踏み台の上に立つその彼女は……もはや見慣れつつある、何者も寄せ付けない態度をとっていたあの更紗だった。

実際、彼女一人だけ、集団の中で妙に浮いているように見える。それはなにも、立つ位置が端っこだからという理由ではなく、他の者に比べて表情が沈んでいて暗いせいだ。

他のクラスメート達が全員、微笑んで正面を向いている中、更紗だけは厳しい表情でどこか遠くを見ている。

なんだかひどく寂しそうでもあった。

「この写真、いつ撮ったんだ？　修学旅行の写真の方は、二年の時だよな……これは？」

「旅行の写真についちゃ、おめーの言う通りだ。で、こっちの集合写真は去年の冬だそうだ……。校区がだいぶ遠いんで探すのに苦労したけど、ここの卒業生に当たって訊いてみたから間違いねえ。つーわけで――」

学はいつもの浮ついた表情を改めて言う。

「どうやらあいつは、二年の春から三年の冬にかけてのいつか、大々的に性格が変わっちまったみたいだ。ちなみに、あいつのじいちゃんが亡くなったのが去年の夏頃らしい……」

「それが原因なのかなぁ」

義人が人の好さそうな顔を曇らせた。

「そりゃ、肉親がいなくなったら悲しいだろうけどよ。でも、あいつはそれくらいで性格変わっちまうほど弱くねーと思うぞ」

蔵太はきっぱりと言いきる。

これまでの更紗を見てきた結果、あいつがそんなヤワな奴だとは到底、思えないのだ。

「それと、まだ成果はあってな」

学がまた口を挟んだ。

「俺の昔のバイト仲間が、そこの中学の出身なんだけどよ。それで、これはそいつに電話で聞いたんだが」

そんな必要もないのに、学が声を潜める。

蔵太と義人は揃《そろ》って、学の方へ頭を寄せた。

「実はあいつ、去年の冬にな……通り魔に襲われて殺されそうになってるそうだ」

「なにっ、マジか！　通り魔って、その犯人はどうなったっ」

「あわてんなって。そこがこの話の奇妙なトコなんだから」

学の声はさらにトーンが落ちた。

「宮前自身、怪我もしたし、クラスメートの目撃者も幾人かいたそうだ。なのに、なぜか事件にはなってねーんだわ。ふつーなら、ケーサツ沙汰になるはずじゃん？　教えてくれた俺の知り合いは坂田っつって、たまたま事件の目撃者と親しい仲だったんだけどよ。どうもそいつ、坂田に教えたことさえ後悔していたそうな。最近はマシだが、当時はひどく怯えてたらしいぜ〜。坂田は、『誰かに脅迫でもされたみたいだった』とかゆってたな」

沈黙が三人の間に落ちた。

蔵太は思わず腕を組んで考え込んだし、学も義人もちゃらけた態度は吹っ飛んでしまっていた。

「で、でもほらっ。そういう噂って、後から尾ヒレが付くものでしょ。きっと、これもその類だよ、うんっ」

そうだといいな、という思いが滲む声で、義人がわざとらしくも明るく言う。

「ま、俺もそうだと思うけどよ。どこのガッコでも、やな噂を流す奴はいるしな」

学は笑って賛成したものの、蔵太はそうは思わない。

なにしろ、これまでの経緯《いきさつ》を考えれば、冗談ごとや間違いでは済まないのである。

「とりあえず、はっきりしたことがわかるまでは、俺達も慎重に行こうぜ。というか、おまえ達はもう十分やってくれたよ」

蔵太のセリフに、学と義人は期せずして顔を見合わせる。

「なんだよ、おい。いきなりマジな顔で、似合わねー優等生発言すんなよ。おめーらしくもねーぞ?」

「だねえ。蔵太君、これくらいで腰が引ける人じゃないでしょう?」

「いや、俺の覚悟は決まってるけどな。けど、これは元々俺の問題だしよ」

蔵太はジャケットの内側に隠した銃を意識しつつ、重い口を開く。

今日一日に遭遇した出来事を、順を追って全部話した。一切を省略せず、全て。

話の途中、学と義人は無駄口は叩かず、口を半開きにして聞き手に徹していた。長い話が終わった後も、しばらくは誰も発言せず、場は墓場のような沈黙で満たされていた。そのうち、学が檻《おり》の向こうのパンダを見るような顔で、蔵太に向かって指を三本立てた。

「……なあ。これ、幾つに見える？」

「俺は正気だ、阿呆！　騙《だま》すなら、も少しマシな話をするさ」

「ホントかよ～。いきなりそんな、テレビドラマじみた話されてもな～。実はおめーも、電波系に染まっちまったんじゃねーのか？」

「ほほ～ぉ。じゃあ、いいモンを見せてやる。今の話の中で、ごつい筋肉馬鹿に突き付けられていた銃がこれだ！　どうだおい、これも俺の妄想の産物か？」

蔵太は水戸黄門の印籠《いんろう》的切り札として、ベルトからさっと銃を抜き出してやった。

これ見よがしに二人に見せつける。

期待通り、義人は見た瞬間に「うわっ」とのけぞったが、学はなかなかしぶとかった。

「……ちょい見せてみな。俺は訪問販売のおっちゃん相手に鍛えてるからな。そう簡単に騙せねーぜ。後で笑い者にしようったって、そうはいかねー」

止める暇などない。

学はいきなり蔵太から銃を取り上げ、ぱっと部屋の隅へ向けた。

「ばっ――――」

まるで遅かった。

部屋の中に爆裂音が轟《とどろ》き、弾丸はきっちり発射され、排出された薬莢《やっきょう》が宙に飛んだ。

で、弾は蔵太が買って間もない新品コンポに着弾し、アンプ部分を爆砕してくれた。無論、もうオシャカ確定である。

学が再生紙の顔色で叫ぶ。

「げええっ。これ、モノホンじゃん！」

「だから、最初からそう言ってるだろうがあああっ」

蔵太は悪友の頭を思いっきり張り倒した。


しばらくドキドキしつつ待ったが、どうやら通報する者も、不審を覚えて訪ねてくる者もいないようだった。

蔵太の住む部屋は端っこだし、隣は夜遅くまで残業があるサラリーマンの一人暮らしなので、そのお蔭かもしれない。なんにせよ、不幸中の幸いと言えよう。三人とも、ほっとしてため息をついた。

「す、すまん！　まだ高校に入学したばかりなのに、下手したら退学ものである。まさか、本物だとは思わなくてよ」

「……まぁいい。誰も気付かなかったようだしな。その代わり——」

蔵太はうんざりした思いで、グラム幾らの鉄くずと化したコンポを見る。

「メシ奢る話は無しな」

「しゃーないわなぁ。このアルバム買った料金も請求しようと思ってたんだが、あきらめる」

「いや、それは払うさ。さっきのポカはポカ。それはそれだ」

「うう、悪ぃ……また役に立つからよ。今月は特に苦しんで、俺」

嘘泣きする学を見て、義人がようやくニコニコ笑いを取り戻す。

「はい、空薬莢がこっちに飛んできたよ、蔵太君。それで……警察には行かないの？」

「行かねー。あのアホタレが『そっちの方が好都合だ』みたいなこと吐かしやがったからな。更紗に不利にならないとも限らないしよ」

「警察に知られたら不利になるって、なんだよそりゃ。犯罪組織の一員かっつーの。だいたい、拳銃まで手元にあるのに、シカトする気かよ」

「するさ。元から警察なんて嫌いだしな。それに、通報して敵が喜ぶなら、そうする意味なんかないだろ」

「……なんでそう簡単に相手の言うことを真に受けるかねえ。ったく、頑固者が」

憎まれ口を叩き、学は蔵太の足下を指差す。

「それはそうと、なんか紙束が落ちてるぜ？」

「おっと……貴重な手がかりだからな。ちゃんと保管しとかないと」

「ホントか？　どんなだっ」

「あ〜……オーパーツのことを書いた本でよ。これによると、実はオーパーツというのはおっぱーではなく」

「かぁーーっ！」

学は頭をかきむしり、棒読み口調の蔵太からプリント用紙を取り上げた。

「おめーが読んで説明するより、俺達がじかに見た方がはえーんだ！　よこせっ」

ひったくったそれを目の前の小さなテーブルに広げると、早速義人が身を寄せて覗き込んだ。

「どれどれ～」

『――というわけで、【オーパーツ】とは場違いな遺物を意味する造語です。なお詳しく説明すると、その時代にあるはずのない超文明の名残を思わせる「なにか」を指すと思ってください。皆さんも聞いたことがあるかもしれませんが、歴史上最も有名なオーパーツの一つに、例えば中南米のホンジュラス（当時の英領）で発見された、古代マヤ文明の【水晶ドクロ】があります。

これはきわめて硬い水晶を研磨加工した物と言われてますが、実は当時の道具では加工が不可能なのです。仮に、砂などを用いてじわじわと研磨したとしても……おおよそ数百年の月日がかかるのではないでしょうか。無論、そんなことは現実には不可能です。この輝く水晶の頭蓋骨は、我々の目の前にはあるはずがない遺物なのですね――』

「これって、嘘っこ抜きでどっかにあんの？」

ふいに学が、コピー用紙に複写された、不気味な頭蓋骨の写真を指差す。

「あるよ～。結構有名だよ、それ。学者さん達は説明できないから、一切ノーコメントだけどね」

首を傾げる蔵太に代わり、義人が答えた。

「……へぇ～、ちゃんとあんのか。風邪で頭ぼ～っとしてる割に、冴《さ》えてるなおまえ」

「風邪は関係ないでしょ、学君。ただの知識なんだし、考えてしゃべってないもの」

「なんだ、義人は風邪か？」

蔵太が案じると、

「ああ、大したことないよ。伝染《うつ》らないと思うし、心配しないで」

ぱたぱた手を振り、またすぐ熱心に用紙を見やる。蔵太と学も、用紙に目を落とした。


『――これはほんの一例にすぎません。

他にも「場違いな遺物」は驚くほど多々あり、思いつくままに挙げるだけでも、二千年前に惑星の運行を正確に表示していたとされる【アンティキティラの歯車】や、紀元前に存在した地図の写しであるにもかかわらず、既に南極大陸がそこに記載されている（南極大陸の測量が行われたのは、二十世紀に入ってからです）トルコの【トプカピ地図】、イラクで発見されたこれまた紀元前の物と思われる【粘土製の電池】など、枚挙に遑《いとま》がありません。今挙げた例などは、ごくごく一部と言えましょう。

かつての考古学者達がこぞってその存在を無視してきたオーパーツには、幾つかの共通点があります。その最たるものは、これらの遺物は、当時の一般的な技術力（あるいは科学力）では到底製造不可能だった、という点です。

それどころか物によっては今日《こんにち》でさえ、なお製作不可能、かつ説明不能なのです！

ただし、私はかつてアマチュア考古学者のエーリッヒ・フォン・デニケン氏が唱えたような、

「人類の祖先は宇宙人である」などという、極端な意見には賛同できません。

理由を説明します。

アンティキティラの歯車を例にとりましょう。

あれは、二千年前に惑星群の運行を表示していた驚異の装置（の欠片《かけら》）ですが、そこに使われているのはあくまで歯車等の作成可能な物であり、別段、謎の新物質などは使われていないのであります。イラクの二千三百年前の粘土製電池なども同様で、素材の中心は銅板と粘土にすぎません。

つまり、知識レベルは確かにすさまじいものがありますが、使っている材料は現地で調達できる物にすぎません。もし我々の祖先が異星人であり、オーパーツはその具体的な証拠だというなら、今少し地球上に存在し得ない物質か、そういう物を匂わせる何かが出てきても良さそうなものです。しかし、そのような事実は皆無であります。

それでは、これらのオーパーツは一体どのような経緯で生み出されたのか？　謎は振り出しに戻ってしまいます。

しかし私は、謎を解く鍵を幾つか見つけた——あるいは見つけたように思います。

まず最初の鍵は、これもオーパーツに分類されるイースター島の【ロンゴロンゴ板】と、イタリアで発見された【ヴォイニッチ写本】にありました——』

読み終わったらしく、学が顔を上げて尋ねた。

「おい、もう次の用紙がねーぞ。続きはよ?・」

「ねーよ。それで終わりだ」

蔵太は愛想なしでぶすっと返す。

「……はぁ?・」

「だから、ねーんだって。その続き部分はごっそりカッターで切り取られてた。おそらく、図書館で俺に幻覚見せた野郎が持ってっちまったんだろうな」

ポケットから例の警告文を出し、二人に見せてやった。

「どれどれ……うわぁ、気障すぎっ」

学は嫌そうな声を出して眉間に皺を寄せ、義人はただ舐《な》めるように文面を読んでいる。

「でもこれ書いた人、用心深いよ。証拠になりそうなこと、何一つ書いてないしぃ」

「というと?・」

いささか興味を覚え、蔵太は再び身を乗り出す。

義人は胸くそ悪い手紙をプリント用紙の上に乗せて指差した。

「ほら、この文章をよく読むと、実は具体的な人名とか一切出てこないんだ。『この一件』とか『彼女』とか『責任を持って対処する』とか、あやふやなことしか書いてない。宮前さんに関係あることかどうか、ぼかしてある。おまけに、内容も『警告』としてあるだけで、特に脅しとも取れないしね」

「……シッポを掴まれないようにしてあるってわけか」

蔵太は顔をしかめて手紙を見下ろす。

そういえば、書いてある字も手書きではなく、タイプ打ちだ。

「くそっ。俺が頭悪いからって馬鹿にしくさってるな、あいつら！」

と、真面目な義人には珍しく、揶揄《やゆ》するように言った。

「いやぁ、別に彼らの仲間だとは決まってないんじゃないかなぁ。蔵太君が追いかけた人達とは別な人かもしれないよ？」

「そう言われりゃ、その可能性はあるけどよ」

「その手紙がヒントなしなら、ヒントのあるこっちをなんとかしよーや」

学はまたプリント用紙を手に取る。

腹立つことに、もはや蔵太はアテにならんと見切ってしまったらしい。

今度は最初から義人に尋ねた。

「途切れてるのは仕方ないとしても、この『ごろんごろん板』ってなんだよ。ストーンズに対抗した新バンドか？」

口に含んだコーラを噴きそうな顔をし、義人は首を振る。

「ごろんごろん板じゃないよぅ。【ロンゴロンゴ板】だってば」

「う……。けど、連続して読めば、そのうちごろんごろん板になるって！」

蔵太は思わず試してしまった。

「――ふむ？　ろんごろんごろんごろん……ははっ、ホントだな！」

「だろ、だろっ。無理ねーだろ！」

学と、それから律儀に試した蔵太も一緒になってウケた。

「で、それってなによ？」

まだにやけた顔で学。

義人は身振り手振りで説明してくれた。

「当時の先住民さんが残した遺物で、イースター島じゃ土産物としてレプリカが売ってるらしいよ～。確実なのは数えるほどしか残ってなくて、よく雑誌に載るのは、こ～んなサーフボードみたいな形した目立つ奴ね。どれも、謎の文字がびっしり刻んであるんだ」

「謎の文字？」

蔵太が問い返す。

「そう、そのまんま『謎の文字』としか言いようがないんだよ。未だに解読できない文字が、そりゃもうぎっちりと。しかも、読み方が独特で、左から右へ読んだら、板を回転させてまた左から右へ読むんだね。昔から解読の努力はされているけど、未だに読めてないんだって。向こうの方が一枚上手なのかも」

蔵太は「はあ～っ」と間抜けな声を上げてしまった。まるっきり初耳だったからだ。

対照的に、学は点灯した百ワット電球のように、急に晴れやかな顔になった。

「思い出した！　それ、土曜スペシャルでやってたぜ。ちょい映ってたよな、そういえば」

「うん。僕が今話したことも、ネタ元はそれだったりして。あははっ」

「ふぅむ～……で、バイオニック写本ってのはなんだ？」

一人だけ仲間外れの蔵太は、仕方なく先を促す。

「バイオニックじゃないよ～。【ヴォイニッチ写本】だってば」

真面目にお断りを入れた後、義人は説明してくれた。

「これは、ロンゴロンゴ板より、もっとやっかいなんだよねえ。発見されたのは百年ほど前だけど、実際に書かれたのは十五世紀前後とされてて、未だに諸説あるんだよ。仔牛皮紙に書かれた写本なんだけど、中にびっしり書いてある文字はやっぱり全然謎で、未だに読めた人はいないってさ。何が書いてあるか、まるでわからない。しまいには軍の暗号解読で実績を上げた人まで出張ってきたのに、お手上げのまま引き上げたらしいね」

「ほ～……なんとか板と同じだな」

蔵太の言葉に頷く義人。

「そうそう。ただ、この本はさ、中に奇妙な図形や、誰も見たことがない植物の詳細なスケッチなんかがあるんだ。それで、ヨーロッパの在来種にある植物も一応はスケッチの中に含まれてたんだけど、おかしなことにその絵って、どう考えても顕微鏡なしでは確認できない部分まで詳細に、正確に描かれているわけ」

「その時代に顕微鏡ってねーの？」

「顕微鏡の発明は十六世紀の終わり頃らしいよ～、学君。それにこれは写された本だから、原本はもっともっと大昔の物だろうしね。あとさぁ、スケッチの中には、星雲に似たものもあるんだ。

精巧な望遠鏡なんかない時代なのに、どうやって見たのか謎だよね。これまた、未だに調査しようとする人が後を絶たないけど」

でもまあ――と、義人はしみじみとした口調で独白する。

「謎の少数民族っていうのは、本当にさりげなく、普通の人達の中に混じってるんじゃないかなあ？ 簡単に表面に出てこないからこそ、謎なわけ。どこまで調べられることやら」

……なるほど、謎の少数民族か。上手い言い方かも。

そりゃまあ、確かにそんなの作る奴らは、数が少ないのだろう。

ぬうう……などと、蔵太と学は喉の奥から声を出す。

あまりそういう「摩訶《まか》不思議方面」に興味がなかったので、なんとも言いようがないのだった。

プリント用紙から顔を上げ、学が誰にともなく声をかける。

「それで、そのトワイライトゾーンの世界が、宮前とどういう関係があるわけよ？」

「それは俺が訊きたいね！ なぜあいつが狙われているのか、しかも狙われているのになんであんな格好で歩き回ってるのか、誰か説明してほしいもんだ！」

蔵太はヤケになってビールを呷《あお》った。

「ぷはっ。とにかく、更紗のあの警戒心はモノホンだってはっきりしたんだからな。本人がダンマリを続ける以上、こっちで『狙われる原因』とやらを探ってなんとかしたい――俺が役に立てることがあるかどうかは、それからのことだ」

鼻息も荒く、宣言する。

「武器で自衛してるとはいえ、一人じゃ心許ないだろうしな！」

と、学達はなぜか、しゃきっと座り直した。

「……なんだよ？　ＵＦＯでも見たような顔しやがって」

「いや、うっかりしてた。あいつが狙われてるって話、今まで本気にしてなかったもんで。でもさっきの銃は本物だったし、おめーは事実、そういう奴に遭遇したわけだ。となると、あいつの方もマジってことになるな」

「はあ？　おい、酔いが回ったか？」

「そうじゃないよ、蔵太君」

義人が硬い表情を向けた。

「僕も玄関前で聞いたばかりだけど。知らせようと思って、後回しにしてたことがあるんだ。学君はそれを思い出したんだよ」

「おい、もって回った言い方はやめてくれ。なにを後回しにしてたって？」

蔵太は激烈に嫌な予感がして、ビールをうっちゃり、二人を交互に見た。

軽薄な顔をいつになくしかめ、学が口を開く。

いきなり核爆弾を落としてくれた。

「実はよ、おめーがガッコサボってたここ数日、宮前も登校してきてねーんだわ」

「な、なんだとおっ」

脳内で、想像上の富士山が大噴火を起こしたような気さえする。

蔵太は大口を開け、ゴジラのように喚き散らした。

「それを先に言えええええっ！」


部屋を飛び出し、アパートの階段を駆け下りる。

駐輪場で、もはや時代遅れ以前のボロい中古バイク、Z400FXのキーを回してエンジンを始動した。

そんな焦りまくりの蔵太に、二人が追いついてきた。

「お、おいっ。まず電話とかしてみたらどうだ。つかおめー、あいつの新しい住所とか知ってんのかよ？」

そのセリフに、蔵太はビデオの停止ボタンを押されたように、綺麗に静止した。

そういえば電話番号はおろか、新旧問わず、更紗の住所なんか知らない。

「……やっぱりか。脊髄反射で動くなよ、おめーはよ」

「電話してみろっ。今しろ、すぐしろ！」

ええっ、俺がするんかあ？　などと反論した学も、蔵太のゴジラ的目つきを見て、あわあわと携帯を取り出した。ポケットから出したメモ帳を見て急いで番号を押し、しばし耳に当てる。

イライラしながら待つこと数十秒。結局、学は眉をひそめて携帯を切った。

「出ねーな……」

「なにっ、もう夜だぞっ。出ねーってどういうこった！」

「いや、唾飛ばされたって出ないモンは出ないし。――つーか、その手はなんだ？」

「住所だよっ。それを貸せ！　チョクで見てくる」

「わ、わかった。あいつ、去年引っ越してるらしくてな。これがその新しい――」

言いかけている途中で、学からメモした紙をひったくる。

そのまま走り去ろうとするのを、今度は義人の手が止めた。

「待ちなよ、蔵太君。相手は銃を持ってうろついているような人達でしょ？　こうなると冗談ごとじゃ済まないよ。この際、警察の人に」

「いや、やっぱりそれは駄目だ。あのおっさんのセリフの真偽を確かめるまでは、迂闊《うかつ》に通報なんてしたくない。おまえ達も、ここは俺に任せて目を瞑《つむ》っといてくれ」

ぶっすりと釘を刺したものの、義人と学はとまどったように顔を見合わせている。表情にはためらいがあった。無理もないが。

やむを得ず、半ば脅しっぽく念を押した。

「いいか、もし通報なんてしたら、絶交だからな！」

「わかったわかった、落ち着け」

「く、口にチャックで黙ってるよ、うん」

「それでいい！」

返事を背後に置き去りにし、蔵太は爆音とともにバイクを発進させた。

☆

何度かメモの住所を確認し、該当する場所に到着した。

蔵太の勝手な予想とは異なり、意外にも更紗の住むマンションは駅のすぐそばにあった。

なんとなく、『あいつは寂れた場所に住んでいる』と思っていたのだ。

終夜、人通りの途切れない大通り沿いにそびえ建つそこは、時代遅れながら『億ション』と評した方がしっくりきそうである。

二十数階建てという高さもこの街では一際目立つし、なによりも入り口にガードマンが常駐しているのに驚く。そして十分、予想できたことだが――。

立ち番中の左耳にイヤホンをした一人は、蔵太がメット片手に近付いて行くと、腰の警戒棒に手をやって臨戦態勢に入った。

「ここに住んでいる宮前って奴に用事があるんだ。俺は怪しいモンじゃないんで」

どうせ無駄だと思ったが、説明などしてみる。――やっぱり無駄で、相手は一ミクロンも警戒心を緩めた様子がない。

蔵太は開き直って肩をそびやかし、そのまま入り口横の部屋番号が並んでいる壁の前に立った。

宮前の二字を見つけ、力強くボタンを押す。

返事がない……それでもあきらめきれず、何度も何度も押す。本当に部屋でチャイムが鳴っているのか、なんて疑いも出てきて、都合二桁以上は連打した。

そのうち、焦げつきそうな視線で蔵太を監視していたガードマンが、腰に手をやりつつ忍者のように用心深い足取りでやってきてしまう。

「あの、失礼ですが、どちら様——」

助けが入った。

微かな声がやっと答えてくれた。

『……誰？』

小さなスピーカーから響くその声音に、いつもの元気がない。まるで母親に捨てられた幼児を思わせる、悲哀に満ちた声だった。

蔵太の心配が頂点に達したのは当然である。

「いたか！　俺だ、御崎蔵太だ。休んでたって聞いて飛んできた。どうだ、大丈夫か？　怪我《けが》とかしてないかっ」

ぽんぽん言われて驚いたのか、更紗はしばらく無言を保った。

よほど待ってからやっと返事。

『……待ってて。今、下まで降りるから』

「お、おう」

ふう……。ため息などつき、額の汗を拭《ふ》く。とにかく、無事なのは間違いないらしい。

横で盗み聞きしてたガードマンも、すっかり疑いを解いて離れていってくれた。

オートロックのガラス扉越しに更紗の姿を見て、蔵太はまたしても「うおっ」と思った。

第一に服装が地味である。ゴスロリルックと学校の制服しか知らなかったのだが、今日の更紗は白いミニスカートに同じ色のブラウスという、信じがたいほど質素な格好だった。

しかも――。強い生気に満ちていた顔にはいつもの元気がなく、ただ重たく沈んでいる。ひどく疲れきり、もはや人生の先行きになんの希望も持っていない者の顔だった。

蔵太が愕然と見守っていると、更紗は焦点の合わない目をしたまま、ふら～っとエントランスから出てきた。こちらにぶつかりそうになって、やっと止まった。なめらかさを欠いた動きで顔を上げ、初めて蔵太と目を合わせる。

ようやく反応があった。

更紗は少しだけ瞳を見開き、苦笑の欠片らしきものを浮かべた。

「……ばか。なんて顔してるのよ」

なぜか、表情が少しだけ明るくなる。

「それはこっちのセリフだ！」

蔵太は思わず、更紗の肩を揺さぶった。

揺さぶられるままにぐらぐら首を動かす更紗に、「おい、本当に大丈夫かっ。なにがあった！」と呼びかける。声があまりに大きかったせいか、一旦引き下がったガードマンがまた寄ってこようとしたくらいだ。

しかし更紗が小さく首を振り、追い払ってくれた。

「いいの……この人はお友達だから」

お友達！　マジかっ。いわゆる外交辞令ってヤツじゃないだろうなっ。

痺れた脳でそんなことを考えているうちに、蔵太はいつの間にか更紗に手を引かれてエントランス内に立っていた。

「……ここなら落ち着いて話せるわ。それで、今日はなに。プリントでも持ってきてくれたの？」

「あ、いや――。宮前がずっと休んでるって聞いたもんで、心配になってな。狙われてるなら、なにがあっても不思議はないしよ」

「……休んでたのを知らない？　御崎君は登校してなかったのかしら」

間抜けなことに、この当然の反問に蔵太は意表を突かれた。ただ心配で駆け付けてきたので、その辺りの言い訳を考えもしなかったのである。

しかも、嘘をつくのは好かん！　という難儀な性格が災いし、口を開けたまま電柱のごとく立ち尽くす始末だった。更紗は恐ろしく勘がよかった。蔵太の顔色から、たちまちなにかを感じ取ったらしい。表情から気怠さと絶望が薄れ、危機感らしきものが浮上した。

「まさか、危ないことに首を突っ込んだりしてないでしょうね？」

「いや、それはだな。……おい、なんだそれは？」

唐突に胸の辺りに掌を押し付けられ、蔵太はとまどう。これが学ならすぐにも押しのけるところだが、なにしろ相手が気のある女の子なので、ぼ～っと見守るのみである。

触られた箇所を通してじんわりと熱が生じてきた気がする。なんの真似なのかさっぱりだが、更紗は瞳を閉じてずいぶんと集中していた。

三十秒ほど動かずにいてから、やっと手を放す。蔵太を見上げる顔には、とまどいと――そしてはっきりと『恐怖』が浮かんでいた。

「なんてことするの！　手を出しちゃいけなかったのにっ」

「……なんの話か訊いていいか？」

「とぼけても駄目っ」

ぴしゃっと切り返された。

「図書館と大学と、それから色々。――調べたでしょっ」

驚いた。どうしてバレたのか。今の自分はひどく愚かしい顔をしているはずだ。

確信を得たのか、更紗はこっちの手を引いてズンズン歩き出した。それはいいが、掴まれた手が震えている。余程、なにかに怯えているらしい。一体、どうしたというのか。

ともあれ、蔵太が我に返った時には、ぐんぐん上昇していくエレベーターの中に立っていた。

「いいのか、俺なんか家に入れて。……じゃなくて。なんでわかったんだ、さっき？」

「……話は部屋でするわ」

――一言のみ。

それだけかよ、と蔵太は思う。

電子レンジそっくりの音がして、エレベーターの扉が開いた。

更紗の住む部屋はハイソな雰囲気漂う余裕の3LDKで、格で言うなら蔵太のアパートが「梅」とするなら、こちらは「松の特上（鯛のお頭付き）」くらいの開きがあった。

ただ、広々としているのは家具が少ないせいもあるだろう。

タンスや机など、それぞれ木目も麗しい高級家具が配置してあるものの、それらはきっぱりと一部屋に収まるだけの数でしかなく、見渡すと空虚さが目立つ。

部屋全体の印象として、元はきちんと整理されていたことが窺えるのだが、今は多少の衣類が床に散らばっていたりして、雑誌広告のような豪奢さにややケチをつけていた。

あるいはこれは、現時点での更紗の落ち込み具合を物語る証拠かもしれない。

とはいえ、中に入った途端にフローラルの香りなどがして、蔵太としては大変落ち着かない。ヤニ臭さがデフォルトの自分の部屋とは天地の差がある。

「そこ、座ってて」

言われ、そろそろと真っ白な本革ソファーに腰を下ろす。

更紗は多少の距離を置いて横に座った。

「ここ数日、買い物とかしてないの。なにも出せなくて……」

「いや、そんなのはいいんだ。——先に訊くが、なんで休んでた？」

「おばあちゃんが……亡くなったの」

――気の利いた返事はなにも思いつかなかった。

蔵太としては「これからどうする?」とか「なにか困ってることはないか」とか色々尋ねたかったが、更紗にはどれもひどく空々しく響く気がする。しかし、相手は明らかに気を遣ったらしい。無理に作ったような明るさで付け加えた。

「長く入院してたし、もう寿命だったのよ……。心配しないで、あたしは平気だから」

「そうか……」

「それでね」

首を振り、座り直す。

「御崎君にお願い……頼むから、ここまででやめて。もう十分、危険な思いはしたはずよ」

「それがわからん。どうしてバレた? さっきの、手を胸につけたのがなにか関係あるのか」

更紗は苦渋を浮かべて俯く。

晩秋の虫が奏でるような声で、「あたしにはそういう力があるのよ」とあっさり認めた。

「……はっきりとは見えないけど、接触することであなたが過去に経験した場面の断片が頭の中に映るの。あと、あなたの考えていることがなんとなく伝わる。ただしそっちは、あたしがそうしようと努力した場合で、しかも『読みたい事柄』について曖昧《あいまい》にわかるくらいだけど……」

あやふやな言い方で言葉尻を濁し、「内緒にしててね」と最後に付け加える。

顔が赤い。打ち明けるのに相当な勇気がいったらしかった。

真面目な顔で頷いたものの、蔵太的には話の意外さに今ひとつ頭がついていってない。そういうことは漫画やアニメでしか有り得ないと思っていたのだが。

「戸部君から『通り魔事件』のことを聞いたでしょ？　あの時みたいな思いはしたくないの」

「――なるほど。こりゃ、マジでバレてるな」

喉の奥で唸った。

「けどよ、その事件じゃ、怪我したのはおまえだって聞いたぞ？」

「したわよ、怪我。ただ、恵子も……友達も巻き添えにしかけたの。幸い、あたしがかばって大事なかったけど」

「……それは、おまえが盾になったってことだな？」

蔵太は眉をぐっと寄せた。

「そんなことはいいから！　とにかく、これ以上はやめて。なるべく、記憶は消したくないわ」

「記憶を消す？」

疑惑の視線を送る蔵太である。

更紗は、ひどく辛そうな顔で首肯した。

「そういうことも可能なの、あたしは。もちろん全部消すのは無理だけど、一部だけなら」

首筋まで赤く染め、小さな声で言う。

そして、打って変わって声のトーンを上げた。

「――もう危ない真似はしないって約束してくれるわね？」

こちらを見上げる潤んだ瞳に、どきっとした。

「いや、それは無理だ。そこまで聞いちゃな」

むしろ申し訳ない思いを込め、蔵太は穏やかに返す。

「知らなかったんならともかく、俺はもう引き返せない部分まで知っちまったからな。けどよ、好きで関わるんだから、宮前に責任はないぞ」

あんまり納得してもらえなかった。

更紗は三国一の馬鹿を見るような目つきで蔵太を睨み、立ち上がって広い部屋の中をせかせかと周回し始めた。無意識にだろうが、形の良い爪の先をしきりに噛んでいる。

「……さっき、俺の考えを読んだんじゃなかったのか。だったら、わかるだろうに」

「いいえ、なるべくそういうことはしたくないから。さっきはあなたの過去を『見た』だけ。それに、言ったでしょ？　読む方はそんなはっきり読めないの。よほどに強い思いでもないと伝わってこない」

「はあ……なるほど」

ちょっとほっとして相づちを打つ。

と、更紗は急に決然と壁際に足を向け、スイッチの辺りを操作した。

部屋の照明がすうっと暗くなっていく。

明度コントロールができるのか、ほとんど真っ暗一歩手前である。

「な、なんだよ？」

「御崎君に見せたいものがあるの。……これを見て、冗談ごとじゃない、本気で危険なんだってわかってほしい」

なにやら奥の部屋へ消えたかと思うと、一分もしないうちに戻ってくる。

何気なく見やると、ブラウスのボタンが外れており、更紗は前を手でかき合わせていた。

蔵太の動揺は一気にレッドゾーンに達した。

脈拍が倍増しになったのを実感する。

「ちょっ、ちょっと待て！　お、俺としてはだな、手を繋《つな》ぐところから始めて少しずつレベルアップしていく方がいいような――」

「訳のわからないこと言ってないで、背中をよく見て。……恥ずかしいんだから、早く」

消え入りそうな声。

「な、なんだ、背中かよ」

大きな安心感とほのかな失望に、蔵太は深々と息を吐く。

更紗は斜め前に立ち、上衣を半ば下ろして素肌を見せていく。

闇の中に浮かび上がる白い背中はなんともなまめかしく、体温が急に上昇した気さえする。

じゃなくて、あの傷は……これがそうなのか。

「これは、その時のか」

エロい気分など、どこぞに吹っ飛んだ。

引き寄せられるように立ち、蔵太は更紗の背後に立つ。右肩のすぐ下から、斜めにすぱっと四十センチ近くに及ぶ線が走っている。

言うまでもなく傷の縫合後で、今はうっすらとした細い線にすぎないものの、やられた直後はさぞかし深い傷だったろうと思われた。

「誰がやりやがった？」

我ながら強張った声が出た。

手を伸ばし、そっと傷口に触れると、たおやかな背中が小さく震えた。

「あ、相手の正体なんて、あたしだって教えてもらってないわ……」

教えてもらってない？　その言いように、蔵太は妙な違和感を覚えた。

警察のことを指しているのだろうか……いや、そんなはずはない。

「それより、あたしに関わるとこんな危険が待っているって、わかって……ね？」

「悪いが――」

なるほど、人の心は読みにくいモンらしい、と納得した。自分の心を読みきっていれば、更紗は決して背中の傷など見せなかったはずなのだ。断固として隠したはずである。

本当にすまない思いとともに、蔵太は告げる。

「俺の返事は同じだ。つーか、これをやりくさった奴を、ぜひともぶっちめないと気がすまねーな。ふざけやがって!!」

「――！　あなたねえっ。あたしが心配してこれほど言ってんのにっ」

長い髪を舞わせつつ、激しい勢いで更紗が振り向く。蔵太は思わず凝固した。きっと睨む綺麗な黒瞳よりも、そのやや下方へ視線が固定されてしまう。

なんというか、衝撃的な白さと優しいカーブを描く膨らみに、全身が痺れた。

「お、おいっ。おまえ、今の状況を忘れてるな。下見ろ下っ、剝《む》き出しになってて」

動揺のあまり、忠告するセリフもどこかおかしい。

で、更紗は目線を下げるまでもなく、自分の今の状態を思い出したらしい。似合わない真っ黄色な悲鳴を上げ、胸を押さえてささっとあっちを向いてしまった。

あたふたとブラウスを引っ張り上げつつ、

「わ、忘れて。今の忘れてっ。すぐ忘れてぇえええええっ」

などとパニクった声で口走った。

「無理言うなっ。棺桶《かんおけ》の蓋《ふた》が閉まるまで忘れられねーよ！　そもそも、下着まで脱いでくることなかったんじゃないか？」

更紗は奥の部屋に走り込むところで、そっちの方から返事が来た。

「だって、見られるよりはいいかなと思って。今日はその……白じゃなかったし、恥ずかしいじゃないっ」

そんなものだろうか、と首をひねる蔵太である。

だが結果は、下着どころか全部見てしまったわけで……なんというか、生々しい話だ。

未だに脳内では、柔らかそうな膨らみが揺れる場面がちらつく。さっき言った通り、火葬場行きになるまで忘れられそうにない。脳内フォルダに、パスワード付きで高画質動画が刻み込まれてしまった。お蔭で、緊張感や腹立ちが吹っ飛んでしまったではないか。

元通りきちんと服を着て更紗が戻ったものの、その顔はまだほんのりと赤い。先刻より、心持ち距離を開けて腰を下ろす。

とても気まずい時間が流れ、責任を感じた蔵太は不器用に話を振ってみた。

「……そういや、今日はいつもの目立つ格好じゃないな。髪も下ろしてるし」

「それは——。だって、家の中であんな格好しても意味ないもの。あれは外出用だから」

「ふむ……なるほど」

あんまりわかっていないが、蔵太はとりあえず頷く。しかし、ふいに脳内に理解の陽が差した。さっき見せてもらった傷痕と通り魔事件の話のお蔭で、コンボ的に思考が繋がったのだ。

気がつけば声に出していた。


「そうか、そのためだったんだなっ」


「……なにが？」

「あ、悪い。つまり、その時みたいに誰かを巻き添えにしないように、わざと自分が目立つ格好をしているのか？」

「……気休めだと自分でも思うのよ。向こうはあたしを知ってて襲ってきたんでしょうしね」

暗に認め、更紗は呟く。

「でも、前の襲撃事件では奴らは一人じゃなかったし、間違ってあたしの友達へ襲いかかろうとした奴もいたわ。だから、二度とそんなことがないようにと思って。あれだけ目立つ格好してたら、間違えようがないでしょ？　人混みの中を歩いていても、真っ直ぐあたしに向かってくるだろうなあって。そうしたら、死ぬのはあたしだけで済むもの。ホント、気休めなんだけど……せめて間違われないようにしないとね」

疲れたように言い、小さく付け足す。

「どのみち友達もいなくなったから、あまり意味なかったかもしれない……」

平静を装っていたが、少し語尾が震えている。こちらをちらっと見やり、唇を尖《とが》らせた。石像のように黙る蔵太に、業を煮やしたらしい。

「黙ってないで、こういう時こそなにか言ってよ、ばか」

「──すまん。ちょっと惚れ直していた」

「は、はあっ？」

せっかく普通の顔色に戻りかけていたのに、更紗はまたぱあっと頬を染めた。

露骨に視線を逸らし、

「きゅ、急になにを言い出すのよ！」

「いや、おまえは女だけど男気《おとこぎ》のある奴だと思うぞっ。俺ぁ、おまえに会えて良かったっ。えらい！　マジで惚れ直したぜえっ」

か細い肩をバシバシ叩き、蔵太は猛烈に感激した声で「えらいぞっ」と「惚れ直したっ」を、交互に連呼する。元々単純なこともあり、本気で大感激していた。

目頭が熱くなってきたほどである。

「大の男でもそこまで考える奴はいないだろうよ。今はともかく、宮前はきっと幸せになる。おまえみたいに性根の優しい奴はな、幸せにならないと嘘だ！　この俺が断固として保証するっ」

それより肩が痛いわよ！　という風に顔をしかめていた更紗は、しかし最後の部分を聞いた途端、なぜかぱっと顔を上げた。

まじまじと大きな瞳を見張り、蔵太をじいっと見つめる。

「……どうしたよ？」

更紗はなにも言わない。

ただ突如としてくしゃっと顔を歪《ゆが》め、蔵太が想像もつかない激情に耐えているようだった。

「な、なんだよっ。なんかまずいことゆったかっ」

うろたえた蔵太に、ぎこちなく笑みを見せる。

「なんでもないから。ちょっとおばあちゃんを思い出しただけ。……ごめんね」

「いや……そうか。なんか手伝えることがあったら、いつでも言ってくれ。て、間抜けな申し出かもだが」

「ううん……ありがとう」

手の甲で目をごしごしやり、更紗は向こうを向く。

次に蔵太を見た時は、過去に何度か見覚えのある、決然とした表情をしていた。

「……白状するとね、下で御崎君の顔を見た時、なんだか嬉しかった。まだあたしのことを心配してくれる人がいるんだなぁと思って。本当に嬉しかったの」

「俺のことはともかく、少し表情が明るくなったな。いいことだと思うぜ。せっかく美人なんだし、もったいないだろ」

「それは……さっきみたいなことがあれば」

言いかけ、慌てて首を振る。

また思い出されたらたまらないとでも思ったのかもしれない。

「――とにかく、寂しくなるから記憶を無くしてほしいとは思わない。でも、あなたがどうしても手を引く気がないというなら……あたしは決断するしかないわ」

「もう遅いと思うぞ」

それでも用心のため、蔵太は互いの距離をいま少し開けることにした。

ソファーの上でずりずりと遠ざかる。

「俺だけじゃない、もう学だって色々と知っちまった。それに、コピーしたプリント用紙だって家に置いたままだ。記憶の一部が消えたからって、後が丸く収まるわけねーだろ」

「あなたはあたしの力をよくわかってないの。単純に記憶を消すだけじゃない、完全にあたしへの関心を無くすようにすることもできる……あたしはそれを、自分で『キャンセル』とか『デリート』なんて呼んでるけど」

実に辛そうな顔を、更紗は真っ直ぐに向ける。いや、身体ごとこちらに迫ってきた。

蔵太が距離を取った分をすぐさま詰めてしまい、今や二人の身体はくっつきそうである。

明らかになにかをしようとしているのだ。

「御崎君の気持ちは嬉しかったわ。それに記憶の断片で見たけど、あの男にあくまで話そうとしなかったあなたも、とても素敵だった」

「だったら――」

「だからっ」

急激に声が高まり、更紗は感情を露わにする。

抑えていたものが溢れ、抑制が利かなくなっていた。

「――だからなおさら、御崎君にはあたしのことを忘れてほしくないのっ。わかるでしょ？　もうあたしには誰もいない。親しい友達は怖がってあたしから去っていった。猫のペロはこの前死んじゃったし、おばあちゃんだっていなくなったわ。だからせめて、御崎君にはあたしのことを覚えていてほしいのよっ。あたしがどこに消えても、どうなっても、忘れないで覚えていてほしいのっ。それをわかってよ！　力を使わせないでっ」

最後は、ほとんど絶叫だった。

見開いた瞳には、涙が一杯に溜まっていた。

そうか……こいつはずっとずっと寂しかったんだなと、やっと蔵太は理解した。超然とした態度や無愛想な顔つき、そんなのはただの強がりにしかすぎなかったのだ。元の友人は全部逃げてしまい、新たに友人を作ろうにも、今のような状態ではためらわれる。寂しくないはずがない。

そんな立場に置かれたら、自分ならとうに参っているかもしれない。

しかし……それでも蔵太は思うのだ。

じりじりと迫る更紗に、言わずにはおれないのだ。

「気持ちはわかるが、逃げたダチのことなんか忘れちまえっ。

どんな事情があろうと、そいつらは絶対に絶対に逃げるべきじゃなかった。おまえを見捨てるべきじゃなかったっ。身の危険を感じたとしても、おまえの方が何倍も辛い立場だってことはわかっていたはずなんだ！

考えてみろ、おまえが逆の立場なら友達を見捨てたか？　声もかけなくなったかっ。そんなわけねーだろっ。その連中はおまえから去っていくことで、自分がどんなに情けない奴だったか証明しちまったんだぞ！　守ってもらうに値しなかったと、自分で認めちまったんだっ」

説得空しく、更紗は未だに手を伸ばそうとしている。

また少しずりずりと遠ざかろうとしたが、あいにくソファーの一番端まで来てしまっていた。

「俺はそんな風に逃げたくないっ。そいつらみたいにおまえを見捨てるのはごめんだ！　頼む、俺を卑怯者《ひきょうもの》にしないでくれっ」

必死で言いつのる蔵太を、更紗は魅せられたように見つめている。差し伸ばされた手は、胸に触れる寸前で止まっていた。一瞬、わかってくれたのかと思った。ついに、なにもかも打ち明けてくれる気になったのかと。

ところが……更紗は蔵太が見たこともないほど寂しい微笑みを浮かべ、ゆっくりと首を振った。

「あなたの言う通りかもしれない。でも、それならなおのこと、御崎君には怪我なんかしてもらいたくない。あたしのわがままで巻き添えにしたくないの。ごめんなさいっ」

次の瞬間、更紗は身体ごとぶつかってきた。両手を蔵太の身体に回し、愛しい恋人を抱くように、ぎゅっと抱きしめたのだ。

広げた掌だけを警戒していた蔵太は意表を突かれ、全く動けなかった。

くそっ、接触しさえすれば掌でなくてもオッケーかよっ。こりゃまずった！　今になって理解が及ぶ。喫茶店でこいつが蹴躓いたのは、あれはわざとだったのだと。能力を使い、告白の真実を見極めようとしたのだ！　そうすれば、同時に敵かどうかの見極めもつく。

——いや、そんなことよりっ。

このままではまずい！　キャンセルだかリザーブだか知らんが、俺は更紗のことを忘れたくないっ。もがいて無理にも腕を外そうとしたものの、力一杯しがみつかれているせいで簡単にはいかなかった。蔵太が手加減なしの全力を振り絞ればなんとかなるだろうが、更紗に怪我させずに済む自信がない。

見ようによっては熱い抱擁を維持したまま、二人はいつの間にかソファーから転げ落ちていた。毛足の長いピンク色の絨毯《じゅうたん》の上を、手足を絡ませてゴロゴロ転がっていく。普通なら嬉し恥ずかしの場面であり、学達には見せられない痴態である。

「おいっ、嫁入り前の娘がはしたないぞっ」

「どうせ忘れるんだから、いいのっ！」

「そうはいくかあっ」

ほっそりした腕を外せないまま、前回と同じくらいの時間はとうに過ぎたろう。

蔵太は例によって感じる不可解な伝導熱に、絶望の思いで抵抗を続けている。しかし、転がって転がって更紗がちょうど上に来た時、向こうはぴたっと動きを止めた。おずおずと顔を上げ、どことなく怯えた表情でこちらを窺う。そのため、蔵太もジタバタするのを中止して見返した。

見つめ合ったまま、数十秒ほど経ったろうか。吐息のような囁き声で更紗は訊いた。

「どう……かしら？　忘れちゃった？」

意味もなく勝利感が込み上げてきた。

凄いぜ、俺。よく耐えた、感動した！

「とりあえず——。もっと胸をこう、べた〜っとくっつけてくれると嬉しい」

蔵太はにやっと笑い、余裕の声音で返す。

本来なら赤面する場面なのだが、勝利の喜びの方が大きかったのだ。

「おまえ、実は結構なグラマーなのな」

「え、ええっ？」

弾んだテニスボールもかくや、という勢いで更紗は飛び起きる。

——正直、実に惜しかった。

「しまった。もう少し、すっとぼけてたらよかったよな——ちっ」

「『ちっ』じゃないわよ、『ちっ』じゃ！」

更紗は本気で驚いているらしい。

わざわざ指まで突き付け、立ち上がった蔵太を弾劾した。

「なんで、『デリート』が効かないのっ」

「……あれじゃないか？　俺のオリハルコンも真っ青のかたぁ～い精神力が、おまえのダークパワーを弾き返したんだろうぜ。正義は必ず勝つって見本だわな」

本当は「俺の愛の力だ！」と胸を張りたいところだが、さすがに口に出せなかった。

更紗は開けた口をようやく閉じ、「なにがダークパワーよ！」と憎まれ口を叩く。

しかし……その顔はどこかほっとしているようにも見えた。


「まさか……能力が効かない人がいるなんて」

「誰よりも俺が驚いてるけどよ。結果オーライだ、効かないで良かった」

「――もうっ」

二人とも髪を乱したまま、再度ソファーに戻っている。

蔵太は、今になってそこはかとなく恥ずかしくなった。全く、もう中坊でもないのになにをやっているのか。いや、ちょっぴり嬉しかったのも事実だが。

ともあれ、この大騒ぎは決して無駄ではなかったようだ。あたかも、巨大な氷山が陽光で溶け始めるように、少し落ち着くと更紗はぽつんと教えてくれた。

「あたしは人間じゃないから、人と一緒に生活すべきじゃないんだって。襲ってきた奴がそんな風に喚いていたわ」

　がばっと向き直った蔵太に、更紗はやんわりと首を振った。

「断っておくけど、あたしだって大事なことはほとんど知らないのよ。生前のおじいちゃんも……それから他の人も、隠してばかりだったから」

「それでも俺よりは知ってるだろ」

　蔵太は勢い込んで言い、

「で、その力のせいなのか、人間じゃないってのは？」

「……多分ね。あたしが自分の力に目覚めたのは、まだ最近のことだけど。でも——」

　でも、どうした？　蔵太は刺激しないように、そっと先を促す。

　この際、全部教えてくれると嬉しい。

「でも、あたしの母はもっともっと大きな力を持っていたらしいわ。両親共に、あたしが生まれてすぐに亡くなっちゃったから、詳しくは知らないけどね。前におじいちゃんがそう教えてくれただけ。……ただそれが本当なら、この能力は遺伝によるものなのかもしれない」

「宮前教授の息子が、おまえの親父さんなのは知ってる。その人、どこで嫁さん——あ〜、つまりおまえのお袋さんだが——を見つけ、どうやって知り合った？」

「よく知ってるわね……そうだった、調べたのよね」

　悪戯っ子をしかる幼稚園の保母さんみたいな横目を遣い、更紗は続けた。

「母は、こういう言い方はしたくないけど、普通の人間じゃなかった。例の自費出版本を読んで、ふらっとおじいちゃんに会いに来たそうよ。父とはその時に出会ったって……それ以前のことは全くわからない。亡くなるまで、自分がどこから来たのか絶対に話そうとしなかったそうだし」

「例の本……ええと、『知られざる遺物とその考察』だったな。——と、それで思い出したっ。受付のねーちゃんに術かけたの、おまえか？」

「いいえ、あたしはおばあちゃんのことでそれどころじゃなかった。第一、あなたがそんなことしてるの、知らなかったもの」

「そうか。じゃあ、その『謎の誰か』は別口か。しかし妙だ……なんだか宮前の力と似てたぜ、あれは」

——向こうの方が強力そうだけどな、というセリフは口には出さないでおく。

代わりにガリガリ頭をかき、蔵太は考えをまとめていく。

と、そこで更紗の視線に気付いた。

「なんだ？　なんか思い出したか」

「そうじゃなくて。その人、ひょっとしたら亡くなったお母さんの仲間かもって」

「仲間……？　て、そうかっ。能力が遺伝する以上、他にも宮前みたいな奴が大勢いると考えるのが自然だわなっ。おまえ達親子だけじゃないってこった！」

「——かもしれない。おじいちゃん、滅多にないことだけど、ほろ酔い加減の時に自分の研究について話してくれることがあったのよ。そんな時、『謎の一族』っていう表現をしばしば使っていたわ。あたしには詳しく教えてくれなかったけれど、これって母の関係者のことかなって思うじゃない？」

「それだっ。当たってるぞ、宮前！」

思わず拳を固める。

「宮前教授は、学会が見向きもしないオーパーツについて熱心に研究してた。その途中っつーか過程で、重大な『なにか』を発見したはずなんだ。それは、その一族に関することじゃないか。あの本の切り取られた部分に、そのことが書いてなかったか？」

「……あたし、その本は読んでないのよ。あたしが生まれる前に出版された本だし、部数もほんの少しだったから。なにより、おじいちゃんがあたしに見せようとしなかった。本が存在すること自体、気付いたのはずっと後。図書館にあるって知ってたら、読みに行くんだったわ」

「そうか……」

勢いがしぼむ蔵太に、更紗は慰めるように付け加える。

「だけど、御崎君の予想は当たっていると思うわよ。おじいちゃん、大学辞めてから世界各地を飛び回って、めぼしいオーパーツを実地に見て研究していたそうだもの。それだけ熱心にやっていたなら、新発見の一つや二つはしてるはず。その証拠に、うちに妙な人達が――」

言いかけたものの、尻すぼみに声が小さくなった。

「どうした？　おまえんちに誰か来たのか？」

「……ごめんなさい、あの人達のことは話せないの」

「お、おめーなぁ。どうせ俺は調査を続けるんだぞっ。遅かれ早かれわかるんだから、吐き出しちまえよ！」

「いいえ。これは調査してわかるようなことじゃない。――でも」

自分に覆い被さらんばかりに迫る蔵太に、更紗は苦悩の瞳を向けて押しとどめる。

「――迷っているのも確かなのよ。御崎君に打ち明けたい気持ちもあるわ……。お願い、もう少し時間をちょうだい……ね？」

「そうか……」

蔵太はため息をつき、自ら引いた。

無愛想な物言いに似合わず、人一倍気を遣うこいつのことだ。

自分を巻き込むことには、最後の最後までためらいがあるのだろう。

「わかった。じゃあ、一つだけ教えてくれ。おまえを最初に襲ってきた奴らの中に、俺に銃を突き付けた奴はいたか？　記憶映像で見たよな？」

ためらいがちに頷くのを見て、蔵太は得心した。やっぱり、あの溝口とかいうおっさんか！

あのベイダー声の馬鹿たれには、いずれ更紗の分までお返しをせねばならない……絶対にだ。

しかし、そういう思いは内に秘めておく。

「よく教えてくれた。今日のところはそれで満足しとくさ。……それで、明日も休むのか？」

「……ほんと言うと、あたし、もう学校を辞めるつもりだったの」

いきなり爆弾発言である。実際、メガトン級の衝撃である。

「だってあそこ、おばあちゃんを喜ばせるために進学したようなものだったから」

なんだとお――――っ！　と、絶叫したい気分だった。

呆然と、キューティクルもまばゆい黒髪を見下ろす。

更紗は静かに顔を上げ、蔵太の狼狽《ろうばい》ぶりを見やる。ほんの少し目を細め、優しい表情になった。吐息のような声で囁く。

「でも、今は少し気が変わったかも。それも、もう一度考えてみるつもりよ」

「そ、そうしろっ！」

一も二もなく飛びつく。

「つーか、ぜひそうしてくれっ。俺を助けると思ってよ！」

「うん……あたしも、もし許されるなら御崎君と一緒にいたい。だから、明日は学校へ行くつもり……だから、心配しないでね」

深い声音で言う。こちらを見上げる瞳が、やたらときらきら光っている（ように見える）。

蔵太は、心臓に不可視の一撃を食らった気分だった。

☆

更紗達の頭上――つまりマンションの屋上で、一人の男が鉄柵にもたれるようにして立っている。もしここに蔵太が居合わせたら、速攻で殴りかかっているだろう。なぜならこの男、蔵太が窓から飛び出して追撃した、例の『爆走男』その人なのだった。

今日も今日とて、ぴしっとしたスーツ姿ではあるが、楽しそうな表情をした顔は一般のビジネスマンからは遥かに遠い。

ハンサムで人好きのしそうな面立ちをしているものの、勤勉な勤め人に特有の生真面目さが決定的に欠けているのだ。古くさい言い方をすれば、全身から遊び人のような雰囲気が漂う。……本当はもういい年なのに、だ。

彼は今、両方の耳にそれぞれ異なる用途のイヤホンをはめており、現在のところ、右耳のそれ——つまり、自分の真下に位置する更紗の部屋の物音に耳を澄ませていた。

早い話が、盗聴しているのである。

そろそろ会話が終わりそうだな、と判断すると彼は大きく頷き、口元を綻《ほころ》ばせた。

「いいねえ。熱い奴だ、御崎蔵太。裏表の全くないところが渋いっ。今時、貴重な存在だな。古いタイプの男……いわゆる、オールドタイプだねえ」

くっくっ、と声に出して笑う。

「こりゃおかしい。まるで対照的なカップルだな」

と、今度は左のイヤホンから声。

声の主は蔵太を胡散臭い目で見ていた、マンション前のガードマン氏である。

『そんなことより相馬さん、あのガタイのいい少年、予定通り取り押さえるんでしょ。だったら早く指示を』

「いや、気が変わった」

相馬と呼ばれた男は、明るい声で襟のボタンに囁く。

「彼、僕の若い頃にそっくりだ。計画は変更して、黙って行かせてやることに決めたよ」

『……いいんですか、相馬さん。以前にも銃器関連で服務規程違反を――』

「柏崎よ、大の男がケ○の穴の小さいことを言うもんじゃあ、ない！」

鋭い声で、相馬は部下を遮った。

「言われた通りに動くだけの人形もいいが、どうせなら自ら運命を切り開く漢を目指そうじゃないか。それに、上のことなら心配無用。僕は、彼らのキ○タ○をしっかり握っているんでね」

豪毅《ごうき》さに感心したのか、はたまた放送禁止用語の羅列に呆れたのか、部下の返事はない。沈黙を勝手に良い方に解釈し、相馬はまた陽気に言った。

「さて、あの彼がどう動くか楽しみにしておこう。う～む、浪漫だねえ。男なら、死ぬとわかっていても戦わねばならない時がある。――ハイネの詩だったかな？」

『またそういういい加減なことを……。ハイネの詩にそんなのないですよっ。相馬さんの趣味と年代からして、キャ○テン・ハーロック辺りじゃないですか？』

「……無粋だなぁ。僕ぁ嘆かわしい。細かいことは言いたもうな。とにかく、命令は変更だ。彼はそのまま行かせること。――いいね？」

全体としては笑みを含むセリフだが、最後の三文字に、そこはかとなくドスが利いてる。

相馬の怖さを知っている部下は、掠れた声で了解した。するしかなかった。

「理解してくれて有り難い。じゃあそういうことで――」

そこで相馬は、盗聴用のイヤホンから流れてきた声に注意を引かれた。

更紗嬢が気になる話を始めたのだ。


『待って。帰るまえに、御崎君に注意しておきたいことがあるの』

『どうした？』

『あのね、あたしが見た、御崎君の記憶映像の中に、ちょっと妙なものがあったのよ』

『俺の記憶の中に？　図書館のアレ以外、なんか妙なのがあったっけか？　詳しく頼む』

『実はね……』


じっと耳を澄ませていた相馬は、更紗の最後のセリフに、唇の端を吊り上げた。

「ほほう？　なにげに新事実だな。これは、新たなヒントかもしれないぞ。……既に来ているのかね、老人達の恐れる『彼ら』が」

相馬は不敵に笑い、部下に新たな命令を下した。

「柏崎、聞いてるか？　一人、経歴を調べてほしい奴がいる……」

第四章　彼らはもう来ている

薄暗い部屋の中に、ベッドに臥《ふ》した病人が洩らすせわしない息づかいが満ちている。それに、ねっとりとした薬品の臭《にお》いも。

この老人がなんらかの病気で危険な状態にあるのは、別に医者でなくとも判別できた。骨が浮き出たような皮膚は青白く、手に点滴の針が差し込んである。上等そうな寝間着は常に汗で湿っており、呼吸も不規則で、終始、喉に痰《たん》が絡んだような音を立てていた。

実際、この老人は本来、常に医者の観察が必要な立場なのである。末期の胃癌《いがん》なのだ。それを知る者なら思わず目を逸らすところだが、溝口は痛ましそうな顔はしたものの、後は何気ない顔つきでベッドのそばに立つ。

見上げる視線に対し、恭しく一礼した。

「先生、お加減はいかがですか」

「……あぁ。うん、まあまあじゃ」

老人はひとしきり呼吸を整え、

「その後、どうだ？　隙は見つかったか？」

「申し訳ありません、先生。なかなかガードが堅く、未だチャンスは――」

たくましい肩を縮める溝口を眺め、老人はため息をついた。

「そうか……」

が、すぐに濁った目をくわっと開く。

「溝口、見ての通りだ。わしには、もう時間がない。放っておいても遠からず死ぬるわい。わしの目の黒いうちに、なんとしても危機を脱したいのだよ」

「――はっ」

「今日呼んだのは他でもない、わしの決心を伝えようと思うたのだ。もう偽装工作などと、手段は選ばんでいい。そんな時間もないしな。アレを片づけるためなら、かつての仲間をまとめて皆殺しにしてもよい！　もちろん、全てが終わった時にわしのことが明るみに出てもじゃっ。どんな犠牲を払おうとも、人類が滅び、次の主に取って代わられる事態は避けねばならんのだ！」

その目に浮かぶのは、まさしく妄執だった。

少なくとも、正常な人間の目つきではない。それでも、溝口の態度は変わらない。相変わらずの恭しい態度を崩さず、低頭する。彼にとっては、主人の言葉が全てなのだった。

「先生がそこまでのお覚悟とは。……わかりました。必ずあの娘を仕留めてごらんにいれます。いかなる犠牲を払っても！」

「頼むぞっ」

「ご安心を。かつての恩義は忘れておりません。この溝口、先生のために命をかける所存です」

ベッドに屈み込み、溝口は老人の手を取った。

……昔に比べ、なんと肉が落ちたことか。

「うむ、うむっ。信頼できるのは、もうおまえだけだ。昔の仲間はもはやなんの役にも立たん。奴らには真実が見えておらんのだ！　くれぐれも頼む。わしを安心させてくれっ。おまえには苦労をかけるが、わしの最後のわがままだと思っておくれ」

「わかっておりますよ……お任せください」

最後にもう一度、深々と頭を下げ、溝口は部屋を退出する。先生のために、今度こそ成功させてみせる……そのためなら、自分の命をかけるのも厭《いと》うまい。

溝口のたくましい顔には、固い決意が浮かんでいた。

ドアから一歩出た途端、怒鳴った。

「羽佐間、高島っ、来い！　新たな作戦に入る！　今度は是が非でも成功させるぞっ」

☆

更紗と話した翌日、蔵太は登校時間になるとバイクで街へ繰り出し、道路脇で更紗の登校時間をじっと待った。

今回は学と自分のツテをフルに活用し、協力者を十数名もかき集めている。もう顔合わせも済ませ、それぞれ幅広く散ってもらっている。連携はばっちりだ。前回のように、なにもしないうちからホールドアップを受ける心配はないはず。そう、更紗には教えなかったが、蔵太は今日こそ勝負をかけるつもりだったのだ。

というのも、更紗が話さないので蔵太が自分で推理した結果、前に見かけたあの黒いシケた車は、やはり尾行者だと確信した。ただし、彼らが例の「溝口筋肉馬鹿」の部下であるという考えを、既に蔵太は捨てている。なぜなら、もしそうならあの車に乗っていたおっさんは、とうに更紗を襲っているはずだからだ。絶好のチャンスもあったことだし。

しかし、未だその事実はない。更紗もあの車に警戒を示さなかった。

そこで蔵太はない頭を絞って長考した。

わさびを一山嚙んだような顔で昨晩ずっと考えた挙げ句、ついに一つの仮説を立てた。


――あの黒い車は、逆に更紗のガードについていたのではないかと。


そして、当の更紗もそれを知っているのだ！

そうでなけりゃ、あんなに用心深い奴が敵を見逃すはずはない。あれが味方だと考えて、初めて納得できる。これまで更紗が曲がりなりにも無事だったことへの説明にもなる。

さらに、あいつがぽろっと洩らした「妙な人達」とは、実はあの黒い車に乗っていたおっさん達（多分、複数いると思うので）を指すのではないか。そうだとすると、割と色んなつじつまが合うじゃないか！

珍しく鋭い推理を働かせた蔵太は、今度は全然鋭くない無茶な決心をした。

あっさりとこう結論付けたのだ。

『なら、あの連中を捕まえて聞き出せば、敵である溝口の情報も引き出せるだろう。なにしろ、更紗を守っているくらいだ。敵の情報くらいは持ってるわな！』

——こんな感じに。

普通ならここで、「推理が正解だとして、そのおっさん達は何故に更紗を守っているのか？」とか、「そもそも彼らは、なにが目的で更紗に近付いたのか？」とか疑問は幾らでも湧《わ》くはずだが、蔵太はそれを全て棚上げにしている。

『とりあえず、そいつらが更紗をガードしているのなら、当面の敵ではなかろう』

という風に、毎度のことながら、事態を単純化して考えている。今の蔵太にとっては明確に「敵」と見なした溝口のことこそが重要で、他のことは全て後回しなのだ。

どのみち、人間は一度に一つのことしかできんしな！　というのが彼の考えだ。

他にも、更紗に怪我などさせた溝口に、めらめらとゴジラ的怒りを燃やしている——という、なにより強い動機もあったりするのだけれど。

いずれにせよ、例によって例のごとく、計画の細部まで煮詰めない、あまりにもヤバすぎる試みである。それは自分でもわかっているのだが、蔵太としてはこれが一番手っ取り早い解決策に思えたのだ。なぜなら、溝口を押さえたら、そのバックの黒幕も（いたとしてだが）芋づる式に退治できるじゃないか！

実は蔵太は、余計な利害に全く縛られない分、『立てた計画が穴だらけでザルすぎ！』という一点を除けば、一番解決に近い道を歩もうとしているかもしれない。

――この無茶な計画が成功すれば、という限りなくオッズの高い条件付きだが。


色々と考え込んでいるうちに携帯が鳴り、蔵太はさっと耳に当てた。

『蔵太か！　「協力者7号」から連絡があって、例の車を見つけたってよ。教えてくれたナンバーと一致した。登校中の宮前とは全然別の道にいたが、なんかしきりに携帯でどっかと話してい るそうな。場所はだな――』

「よしっ。アレをもうガッコのそばで見かけなくなったとか聞いた時は、駄目かと思ったが――なんとかなったな！」

勝利のラッパよろしく、短く口笛を吹く。

「ところでおい、さっき顔合わせた7号ってのは初対面だったが、連絡する以上のことはするなってゆってあるよな？」

『おーよ。あいつは中学の時の後輩だが、俺だって全然関係ない奴に怪我されたら寝覚め悪いじゃん？　詳しいことはなんも話してねーし、連絡入れたらフケろってゆってある』

「それでいい！　おまえも、1号～13号まで連絡入れて解散させた後、もう行っていいぞ。俺に付き合ってサボることたぁない」

『おいおい、水くさいこと言うなって。イマイチわけわかんねーけど、俺も一枚噛ませろや？　そのつもりで、行きつけの店に掛け合ってもう準備もしてんだ。せっかくのダチの活躍だ。俺もなんかしなきゃ〜な。つーか、させろ。自分だけ活躍すんなよ。でもって、後で更紗の友達を紹介してくれや、なっ』

店ってのはなんの話だ？　ほのかな疑問を感じつつも蔵太は即答する。

「駄目だっ。言ったろ、向こうは銃なんか持ってんだ。いつもの喧嘩とは訳が違う。いいからおまえはガッコ行け。……義人も協力してくれてるのか？」

『おう。あいつにも声かけたぜ』

「そうかぁ……俺も今朝、ちょっと話はしたが」

蔵太はちょっと間を置き、すぐに続けた。

「じゃあ、二人とも抜けてくれていい。その車が例のアレなら、もう間違いないだろうしな。いいな、サボるなよ！」

返事を待たずに携帯を切り、電源も落とす。学が教えてくれた場所は、ここからごく近い。あいつより先に着けるだろう。蔵太はヘルメットをかぶり、愛車をスタートさせた。

学校が見える辺りまで、県道を二分ほどかっ飛ばす。

教えられた通り、タバコ屋の角を折れると、十メートルほど先に黒いセダンが止まっていた。

ナンバーを確認する……間違いなく、学校の壁際に待機していたヤツである。念のためバイクの速度を落とし、そろそろと車の脇を徐行する。追い越した後、横目でちらっとバックミラーを覗く。——いた。

車のフロントガラス越しに、ワイシャツ姿の男が座っているのが見える。前に見たおっさんとはまるで別人で、こちらは比較的若い。しかし同じ車に乗っている以上、一味なのだろう。交代で監視（か尾行か護衛かバックアップ）をしているわけだ。

蔵太は大きく息を吸い込み、いかにも次の角を曲がりますという風にウインカーを出し、その実、ぐるっとバイクをUターンさせる。車が正面に来る。ちょうど、男が携帯を取り上げて耳に当てるところだった。何を聞いたのか、男の目が見開く。すぐにこちらを見た。

おそらく、誰かが警告したのだ。というのも、携帯を脇へ放り出すや否や男はステアリングを握り、急発進をかましたのである！

危ういところで蔵太のバイクをかすめ、走り去ってしまう。

「——！　てめえっ」

自分も爆音を立ててその場でバイクを急ターン、速攻で追撃に入った。

「なにも取って食おうってんじゃない。ちょっと訊きたいことがあるだけだぞっ。逃げてんじゃねえ、こるらあっ」

到底、人にモノを尋ねる態度ではないが、どのみち車中の相手には聞こえていなかったろう。

黒い車はひたすら加速して住宅街を疾走、四本のタイヤから悲鳴を上げつつ、車体が傾きそうな勢いで突き当たりのT字路を右折した。

蔵太が乗る中古バイクのFXも、もちろん同じT字路へ突っ込む。大柄な身体を極めてなめらかに体重移動させ、いわゆるハングオンに近い体勢で綺麗に曲がっていく。

乗り慣れたバイクは遠心力をモノともせず、完璧に蔵太に応えてくれた。

FXは猛々しいエグゾーストノートを響かせてT字をクリア、再度、スロットルを全開にする。

400ccバイクの加速性にモノを言わせ、シケたセダンを猛追撃する。

「笑わせんな、こらっ。どうがんばったって、そんなトロそうな車がFXを振りきれるかあっ」

怒鳴りながら疾走する蔵太のバイクを、通学や通勤途中の数名が飛び退《の》くようにして避《よ》けた。

その中には携帯を持った例の「協力者7号」らしき中坊もいたが、一瞬にしてすれ違ってしまう。通行人達の呪い文句はたちまち背後に消え去り、バイクのエンジン音と寂しい笛の音に似た風切り音だけが耳を打つ。

周囲の住宅は混ざり合った絵の具のような有様になり、見慣れているはずの風景が狭められた視界の中で次々と移り変わる。今度は十字路が目前に迫っていた。前方の信号はちょうど青から黄色に変化したところで、減速すべきところを車は反対にぐんっと加速する。

蔵太がテールに張り付いている焦りか、無理しても突破するつもりらしい。

「上等だ！　俺がビビって止まると思うなよっ。無免で捕まったことないのは、伊達《だて》じゃねえ！」

自慢にもならないことを喚く。無論、相手には聞こえていないだろうが。無情にも信号が変わり、赤へ。一秒ほど遅れ、車とバイクは仲良く通りへ飛び出した。

途端に湧き起こる、クラクションと切羽詰まった甲高いブレーキ音の二重奏が響く。メットを通してさえ、蔵太の耳にギンギンに響いた。トラックがつんのめるように止まり、走り出しかけていたおばさんのスクーターがバランスを失ってコケる。

あらん限りの怒号や罵声《ばせい》や悲鳴を浴びつつ、二台は仲良く交差点を突破して渡りきった。

「くそっ。どうせ逃げきれないのに、粘るんじゃねーっ」

無意味な叫び声が風に吸い込まれてたちまち消えた。

渡ったそこは左右に団地の棟が連なっており、幸いなことに道は広いが、曲がり角も多数ありそうだ。車が急に進路を変えても対処できるよう、蔵太はやや距離を開ける。

といっても、二十メートル未満か。セダンは団地を抜けてあくまでも逃走を続けるつもりらしく、スピードを落とす気配はまるでない。静かな団地を一気に駆け抜け、出口から下り坂になった道へと向かう。

蔵太は目を丸くした。

前を走るセダンの車体がほんの刹那だが浮き、また道路に落ちた。ガツン！　と嫌な音がして後輪のどこかから火花が散る。他人事《ひとごと》ではない。急降下するような無茶な下り坂に半瞬遅れでバイクも特攻、こちらも当然ながら車体が宙に舞い、そして——

そして、蔵太は空中で見た。

その先の三叉路のどこかから学が嬉しそうに飛び出し、巨大なたらい（たらいだと！）を振り回すのを。

次の瞬間、朝日の中にキラキラと舞う無数の玉、玉、玉。銀色の玉！

悪友の、恐ろしいまでに得意そうな喚き声。


「おらあああっ。ラッキー会館流星アタ――――ック！」


なんだそれはっ。

ラッキー会館って、学の行きつけのパチンコ屋じゃねーか！

つーことは、ありゃ――パチンコ玉か！

コンマ何秒かの間にそこまで理解した時には、バイクが着地して軽いショックがきた。同時に、先行するセダンがフルブレーキング、タイヤが白煙を上げる。

――全然間に合わず、じゃらじゃらと流れるパチンコ玉に乗り上げた。

たちまち、タイヤがグリップを失って独楽《こま》のようにスピンを始めてしまう。いや、蔵太もまた、同様の運命が目前に迫っている。

学が今になって蔵太を見つけ、げげっと大口を開けて驚いている。絶対に忘れてはいけないことを、ころっと忘れくさっていた奴の表情だった。

「しまったあっ。おめーも一緒にコケるのを計算に入れてなかったぜ！」

言語道断な話だが、もう遅い。

ブレーキはやっぱり間に合わず、蔵太のバイクはパチンコ玉が織りなす銀色大河に突入し、モノの見事にタイヤが横滑りした。

「馬鹿たれ――――――っ！」

怒声を最後にバイクはコケ、蔵太はシートから飛ばされてコロコロと転がった。


無理をせず、投げ出された方向に身を任せたのが良かったらしい。何度かバイクで転倒した経験があったのも幸いした。

身を丸めた蔵太は、パチンコ玉と一緒に十数メートルも転がっていったが、歩道のガードレールにぶち当たる前に止まってくれた。蔵太は跳ね起き、ヘルメットを脱いで前を見る。

セダンはすぐ向こうに、ガードレールに突っ込む形で止まっていた。

フロントバンパーがくの字に曲がっている。歪んだボンネットの隙間から微かに白煙が上がっているし、もはや当分動く気遣いはなさそうだった。

「蔵太、生きてっか！」

「ああ。おかげさんでなっ」

唇を歪めて学（まだたらいを抱えている）を睨む。

しかし、すぐに気を引き締めた。

「怒ってないから安心しろ。色々とすまん……よくここに来るってわかったな」

「まーな。元々近くにいたんだが——例の7号の『カーチェイス発見報告』と、それから義人が携帯でアドバイスしてくれてよ。俺は打ち合わせの後、親父の車に乗り換えたんで先回りできたんだ」

「そうか、7号と義人のお手柄か」

蔵太は微かに首を振る。それ以上、深く問い詰める気になれなかった。

その代わり、別なことで顔をしかめる。

「しかしおまえ、車だったんだな。……免許もねーのに無茶するヤツ」

「おめーに言われたくねーぞ！　あ、でも、さっきのはマジで悪かった。肝が冷えたぜ」

「そりゃ俺の方だっつーの！」

まだ何か返そうとする学を手で押しとどめ、蔵太はそっと車に近寄る。ベルトに挟んだ銃に手をやり、セダンを油断なく見張る。

……どうでもいいが、ちょっとモノを尋ねるつもりがこんな事故騒ぎに発展してしまい、少し後悔していた（もう遅いが）。やっとドアがきしみ、三十代くらいの男がふらっと出てきた。しきりに手を振っているのは、あれは降参のつもりだろうか。

「よし、そこのおまえ、もういい加減にあきらめろっ。俺はただ、尋ねたいことがあるだけなんだっ」

いきなり声がかかった。

「カァァァットｯ!! はい、そこまで！」

蔵太はおろか、後ろにいた学まで飛び上がりそうになり、さっと振り向く。

いつの間にか後方に新たなセダンが止まっている。ドアの脇には、胸ポケットから白いハンカチーフなど覗かせた、粋なスーツ姿の男が立っていた。

ただし服装に似合わず、顔つきはあまりサラリーマンっぽくない。

「てめぇは……あの時の爆走男！」

「さよう、その節はお世話になった。――今のセリフも聞かせてもらったよ」

片眉をついっと上げる。

「察するに君は、僕らの役割の一部を見破ってしまったようだ」

そいつは両手を広げ、しょうがないなあ、という顔をした。

「……やれやれ。僕の予想よりずっと動きが速かったね。君は実に熱いヤツだ、御崎蔵太」

言葉とは裏腹に、男はなぜか楽しそうに笑った。

☆

事態は急展開していた。

二十分後、蔵太は「お袋の味」とのれんに書かれた小料理屋で、爆走男と差し向かいに座っていたのである。店内を見渡したところ、テーブルの数も片手の数ほどしかないし、それ以前に蔵太達の他に客の姿はない。

そんな閑散とした中、爆走男はひたすら陽気な顔で目前の鍋（すき焼き）を美味《うま》そうにつついている。ちなみに、学とは途中で別れた。

なにしろ、どんな危険が待ち受けているかわからないからだ。

——とは思うものの、今のところ、相手は野獣のような性急さで肉を摘んでいるだけで、なにかたくらんでいる様子は全くないのだが。

「話ってのはなんだ？　バイクを盗まれたら目も当てられないんで、さっさと戻りたいんだが」

蔵太が督促すると、向こうはやっと顔を上げた。

「安心するといい。あのバイクなら、間もなく部下がここへ運んでくるよ。致命的な故障もなかったみたいだし、運が良かったな」

「あんたらの車は思いっきり、故障してたけどな。……ちょっと悪かったと思ってるぜ」

「気にするな」

男は肩をすくめた。

「どうせ官給品だ。僕の腹は痛まない」

「役人……かなんかなのか、あんたは？」

「まぁね。僕は相馬彰人《あきと》という。——あ、君の自己紹介は無用だ。もうたいがいのことは知ってるからさ」

あっさり言われてしまい、眉根を寄せる。

「……そういや、昨晩はなぜ逃げたんだ。俺を餌にして、溝口某を釣るためだったのか？」

「なんだ、バレてたのかぁ」

男——相馬は本気で感心した様子である。

「正確には、君の身辺を嗅ぎ回っていた連中が溝口の一派かどうか、まだ確信はなかったがね。不審な連中はよく見かけたが、あいつ本人は姿を見せなかったことだし。今回は別口か、あるいはそもそもこちらの勘違いか、それを確かめたかったのさ。そういうわけで、我々が隙を見せれば、奴らもより大胆に動いてくれるかなと」

「あんたら、よってたかって俺まで監視してたわけだ……」

自分の目つきが五割増しで悪くなったのを実感する蔵太である。

「——で、肝心の溝口はどうした。捕まえたのか？」

「いや、逃げられた」

爽やかな笑顔でそんなことを吐かす。

「あれは痛かった。本人が姿を見せたのは、望外の成果だったのにな。奴らも必死だ、望みを果たすためには手段を選ばなくなってきている」

昨晩、あれからなにがあったのか、相馬は油と染みだらけの天井を仰いで嘆息した。

が、あっと言う間に立ち直って話を変える。

「ところで、遅まきながら僕の立場を話しておこう。もう気付いてるかもだが、僕は君の敵じゃない。オーケー？」

蔵太が口を開けた途端、先回りして言う。

「証明しろったってすぐには無理だぜ、悪いけど。でも……そうだな、二つの事実を話すことで、多少は信憑性《しんぴょうせい》が増すだろう。一つ、更紗嬢は以前から僕のことを知っている。二つ、彼女に拳銃を渡したのは他でもない、この僕だ。もちろん、それは本来、立派な服務規程違反だけどね」

「……試しに、詳しい事情を説明してみてくれ。場合によっては信じるかもしれねー」

「その前に僕も訊きたい。君はこの一件をどう考えている？　試みに、君が予測している真相を話してみてくれ。僕がそれを補足して解説しよう。ま、どのみち全部話すわけにはいかないし、僕らだって全てを知っちゃいないが」

鍋の火を落とし、すっかり聞く体勢に入った相馬を見やり、蔵太はしばし考える。

こいつの言うことを、信用していいものだろうか。

「疑うなら、更紗嬢に電話してみるといい。僕の性格を褒めてはくれまいが、味方なのは保証してくれる……と思う」

「あいつは、もう登校した後だろ」

「外れだ。登校途中で急に回れ右してマンションに戻ったよ。君の家と携帯、双方共に電話が通じないし、今頃は心配して爪でも噛んでいるかもな。番号を交換するのはいいことだが、君の携帯、電源が切れたままだぞ？」

言われ、蔵太は学との連絡を最後に、携帯の電源を落としたままなのを思い出す。

「ヤケに詳しいじゃねーか。――宮前はなんで戻ったんだ？」

「多分、君がまた学校をサボってなにかすると、予感が働いたんじゃないか？　それも更紗嬢の力の一端だと僕は思う。……完全に目覚めたらどうなることやら」

……完全に目覚めたらってなんだよ。

胡散臭い思いをトン単位で視線に込めつつ、蔵太はお勧め通りに携帯を出してスイッチオン。暗記しておいた番号を押した瞬間、ワンコールで回線は繋がり、更紗が出た。というか、いきなり怒られた。


『朝からどこへ出かけたの！　今どこっ？』


……おっとぉ。

蔵太は渋面で仰け反った。

「いや、ちょっとな。それより宮前よ、相馬彰人って知ってるか？　スーツ姿の中年で、陽気なくせに妙に凄味のあるヤッなんだが」

『相馬さんですってえっ。御崎君はそんなことに関わっちゃ』

――ブッッ。

無情にも回線を切り、またしても電源オフ。今は時間が惜しいし、後で謝ればいいだろう。と、五秒もしないうちに今度は相馬のスーツから着メロの音。ルパン三世のテーマが空虚な店内に陽気に流れる。

相馬は苦笑して、蔵太と同じく問答無用で電源を切った。

「というわけで、僕らの会合はバレた。この分だとここも急襲されるかもしれないぜ？　まさかとは思うが、彼女なら探知するかもだ」

「わかった、これ以上は時間が惜しい。まだ限定付きだが、あんたを信じることにする」

「よし。では僕も誠意を見せようじゃないか」

相馬は、だしぬけにピリッとした声を張り上げた。

「河合っ。まだそこにいるか！」

『はっ！　待機しておりますっ』

店の外から、きびきびとした軍隊調の声。……いつの間に、立ち番なんかしてたんだ？　入る時は、周りに誰もいなかったのに。

蔵太が驚く暇もなく、相馬はさらに命令を下す。

「なら、すぐに二十メートル離れろ。遠くから店を見張るだけでいい。会話の録音も禁止だ。これから男同士の話し合いがある。――わかったら、即座に駆け足！」

『はっ！　了解しましたっ』

即座に遠ざかっていく（素直なことに）駆け足の音。ヤケにレスポンスがいいというか、相馬への尊敬心（プラス畏怖）がてんこもりというか……。

どうやら目の前のこいつ、見かけ通りの優男ではないらしい。

「あんた、本当に一体何者なんだ？」

「まずは君の見解を聞きたいね。――そういう話だったろ？」

「……いいだろう」

全ては更紗のためだ。

虎の穴に飛び込むのもまたよかろう。


「――俺の予測はこうだ。宮前は『謎の一族』の血を受け継いだせいで、最近になって人にはない超常能力に目覚めてしまった。今は、それを気に入らない奴らがあいつを狙っている。で、あんたらは逆にそいつらから宮前をガードしていると……こんなところだな」

「正解だ。見事にまとめてくれた」

相馬は軽く拍手などして、にやっと笑った。

「君は、大筋ではなにも間違ってないよ。ただ、詳しい事情を知らないだけだ」

「……それがいっとう痛いだろうが！」

「そうでもないさ。大切なのは、なにを一番とするか、だ。君にとって最も大事なのは更紗嬢の安全だろう？　僕だってそうさ」

「あんたの言う安全ってのは、宮前を自分達が利用するために、あいつにちょっかいかけてくるヤツ（例えば溝口とか）が邪魔だ——なんて裏があるんじゃねーだろうな」

「ないない。うちの上司はそういう下心も多少はあるかもだが、少なくとも僕はそんなこと考えてない。なんでわざわざこんな場を設けたと思う？　更紗嬢の幸福を全てに優先させるという一点で、君と僕とは協力し合えると思ったからさ」

——僕は組織のアウトサイダーでね。

こいつは真顔でそんなことを打ち明けた。

「冒険とスリルと女の子の幸福が第一の人生目標だ。無論、上司にそんなことは教えないが、任務至上主義じゃないのは薄々バレているだろうな〜」

惜しみなく白い歯を見せ、ホスト風爽やか笑いを見せる。

なんというか……恐ろしく妙な男だった。変わっているのは確かなのだが、蔵太的には嫌いなタイプではない。むしろ、こいつはある面で自分と似た面があると思う。そんな匂いがしてならない。もちろん、まだ全面的に気を許したわけではないが。

「お、少しは信じてくれたみたいだな」

相馬はひどく嬉しそうにした。

「では、僕の方のカードを晒そう。といってもぼかした言い方しかできないし、なんの証明もしないけどね。こりゃあくまで、食事の上の与太話——そういうことにしておいてくれたまえ」

相馬は唇を舐め、どっかりと椅子の背に身体を預ける。

「まず先に言っておかねばならないが、オーパーツは現代の考古学において、確かに闇《やみ》の領域になっている。真面目に研究しようとする者は少なく、学会もまともに扱おうとしない。しかし、それはあくまで大多数の学者の話だ。実はオーパーツは、とうの昔に政府の極めて重要な研究対象になっているんだな」

「政府？　日本政府のことか？」

相馬は掌を上に向けた。

「我が国に限らない。二十世紀以降は、先進国と呼ばれる国のほとんどが、独自の研究機関を持っていると思って間違いない。単に、表沙汰にできない理由があって存在を公《おおやけ》にしていないだけだ。見つかっているオーパーツも、本当は知られている物より遥かに多いんだ」

蔵太は無言で相馬を見つめ、先を促す。

「なぜ秘密にするか、だな。よろしい、最大の理由を話そう。オーパーツを生み出す元となった一族は、未だにこの地球上に存在しているからだ。ぶっちゃけ、人類は——特に、政府の中枢を狙うお偉方は、彼らをとことん恐れている」

「待ってくれ！　あんたの話を聞いていると、相手が国家くらいの規模を持つ集団に聞こえるぜ？　俺が漠然と想像していたのは、能力者であることを隠すため、どっかの山奥辺りに密かに村を作っているような、そんなごく小さい集団だったんだが」

蔵太は正直に話しただけなのに、相馬にはえらくウケた。プレイボーイ風の外見を持つこの男は、肩を揺すって心から楽しそうに笑った。

「はっは……いや、笑ってすまない。実は僕らだって確実な情報は持ってないんだから、本来は君を笑う資格はない。ただ、今の時点でこれだけは言える」

相馬は笑みを消して座り直した。

「仮に『彼ら』としておくが——。ともかくその彼らは、僕ら人類——すなわち、霊長類の仲間であり、ホモ・サピエンスという学名を持つ僕ら人類とは、似て非なる種族だってことだ。エレガントな言い方をすれば、人間の上位種と定義してもいい。人類とは全く別の進化を辿《たど》ったか、あるいは過去になんらかのきっかけがあり、集団で突然変異を遂げたか……その辺りは謎だがね」

「おいおいっ。まるでその『彼ら』とやらが、人間じゃないようにゆってるけどな。多少の能力を持っているだけで、そこまで決めていいのか？」

「いや。詳しく話せなくて悪いが、なにも想像で決めているわけじゃないよ。ちゃんと根拠はある。例えば彼らの推定ＩＱが３００に近いと予想されること、染色体や遺伝子の構造が我々と若干違うこと、なぜか女性の初潮が遅く、しかもひどく妊娠しにくいらしいこと——。話せる範囲ではこれくらいかね。おっと、能力のことも忘れちゃいけない。彼らにはそういう未知の力もある、と。人間が手足を動かすがごとく、彼らはごく自然にそういう『能力』を使いこなすんだな」

「能力はともかく――。そ、その初潮がなんたらってのは、あいつを検査した結果じゃねーだろうなっ」

やたらとうろたえる蔵太に反し、相馬の顔色はまるで変わらなかった。

「その辺は君の想像に任せるさ。ただ、彼女の問診結果だけが前例じゃない。過去に『彼ら』と接触した例が皆無だったわけじゃないんだ」

やっぱり、検査してんじゃねーか！

蔵太はブツブツぼやく。

「……じゃあ、それはいいとして。そんな、スーパーな超人類が密かに存在したとしてだな、一体、そいつらはどこに住んでる――というか、どこに本拠を構えてるってんだ」

「いい質問だ。しかもそれは、僕らの疑問でもある」

「あんたらも摑んでないって？」

「推測の域を出ないねぇ。突然変異か、はたまた異星人の落とし子か。種族全体の人口も不明だし、彼らに対する全ての予測はあくまでも予測の域を出ていない。どこが本拠かなんて、僕らだって知らないんだ。南極かもしれないし海底かもしれないし、どこかの閉鎖された次元の中かもしれない。あるいはここかもしれないよ」

そう言って、床を指差す。

……店の地下を指すはずはないので、地下世界とでも言いたいのだろうか。

「そういう、やたらと難儀な種族だが、やっぱり彼らの中にも変わり者はいるわけさ。同族を嫌ってか他の理由からか、時に更紗嬢の母親みたいに、ふらっと僕ら凡人の中に迷い込む者もいる。――だからこそ、こちらも彼らの存在を認知しているわけだがね。まあ、更紗嬢の母君の時は、気付いた時にはもう他界していたが」

相馬はため息をついた。

そして、世界の秘密を囁くように続ける。

「我々はこう考えている。オーパーツとは、『彼ら』の中のアウトサイダーが、元の世界からこちらへ持ち込んだか――。あるいは、その知識を使ってこちらで製作したものではないかと」

「……宮前教授の発見したことってのは、今あんたがゆったような事実を指すのか？」

「さよう。彼は他の凡庸な考古学者とは違い、オーパーツを無視せずに真摯《しんし》に研究に打ち込んだ。そしてそれらの一部（ロンゴロンゴ板やヴォイニッチ写本のことか？）に、地球上のどんな民族も使っていない未知の文字が残されていたことに注目し、極めて鋭い仮説を立てた。……我々の『機関』が彼にコンタクトを取る必要に迫られるほど、真実に近い仮説をね。事実、その言語群の幾つかを……ほんのとっかかりにすぎないけれど、読解し始めていたんだ」

「だから、最終的にあんたらの『機関』とやらへ宮前教授を招いた……そういうことか？　まさか、強要したわけじゃあ――」

「いや、そうするまでもなかったよ。その頃の教授は、どこからも援助のない研究を長年続けた結果、だいぶ困窮してたんだ。研究継続の資金提供を申し出たら、喜んで応じてくれたとも。ただ教授は、我々の『機関』については最後まで、政府が主催するオーパーツの研究機関だと思っていた。それは間違いでもないが、目的の全てでもない」

「じゃあ、その『機関』とやらの一番大事な任務ってのはなんだ」

相馬は上半身をテーブルの上に乗り出し、ごくごく微かな声で答えた。

「さっき言ったろ。政府の偉いさんは、『彼ら』をひどく恐れていると。じいさん連中の中には、阿呆なことに、こう考える者さえいる。『人類に取って代わり、いつかは彼らがこの世界の覇権を握るのではないか』なんてね。僕らはいわば、その兆候がないか、調査・監視する役割をも担っているわけさ」

——馬鹿じゃなかろうか。というのが蔵太の実感である。まさか、そんなことを本気で心配し、あまつさえ実行するスカタンがいるとは。

蔵太を見て、相馬はしたり顔で頷く。

「君がなにを考えているかわかるぜ。だが、そういうヤツばかりだと思わないでくれ。更紗嬢をこうやってガードしていることからわかるように、『機関』のメンバーは、ほとんどが穏健派だ。我が政府は売られてもいない喧嘩を買うつもりはないし、こちらから火種を作る気もない。『機関』としては、更紗嬢をあくまで丁重に扱うことに決めているんだ。それに正直、僕も『彼ら』が世界征服の野望を持っているとは思っていない。あちらさんはそこまでの規模の集団じゃないと睨んでいる」

「だがあんたの見解とは関係なく、今ゆったようなアホが仲間内にいるのも確かなんだろうが」

相馬は嫌々、頷いた。

多分、一緒くたにされたくないのだろう。

「まーね。ただし、元仲間だ。『機関』を追い出されたごく少数派は、未だにこう思っている。『奴らは、人類を相手に侵略戦争を起こす必要さえない。ただ我々の中にさりげなく紛れ込み、自らの遺伝子をばらまけばよい。そうすることで、将来的に旧人類は自然淘汰《とうた》され、彼らが新たな世界の主になるだろう。進化論の原則から言えば、そうなるはずだ』ってね」

「アホらしい……考えすぎだ。迷信家が、吸血鬼の被害を心配するようなもんだ」

「それは、現状をピタリと言い表しているよ。事実、その通りなんだ。しかし今回の更紗嬢の一件で、そういうことを（本気で）恐れる老人は震え上がってしまった」

「なにを怯えることが——。いや……わかったぞ。宮前が能力に目覚めたせいか！」

「能力だけのことじゃない。更紗嬢は、『彼ら』の備える特異な身体的特徴を全て備えている。明らかに彼女は、生物学上は『彼ら』と同種族なんだ。父親が普通人だったのに、ね。老人が憂慮する、人類絶滅の危機が現実になった、ってわけだ」

相馬は唇を歪める。

「これはまずかった……実にまずかった。元々『彼ら』は妊娠しにくいし、数少ないこれまでの記録では、我々旧人類と『彼ら』の間に生まれた子は、おおむねごく普通の赤ん坊に過ぎなかったんだ。今回に限り、イレギュラーな事態が生じてしまった。この事実は僕の独断で伏せておいたんだが、一番知られちゃまずい相手にバレちまってね。あれも痛かったな～」

「それが溝口か！」

「いやいや、溝口はそいつの右腕だよ。バックにいるじーさんが本命。そいつはかつての『機関』上層部に所属し、我々の組織を構成する指導者達の一人だった。さっき言った通り、もはや除名されてる」

「よし、やっと俺が理解できそーな話になった。問題のそいつは誰なんだ！」

即座に訊き返すと、相馬はじいっと蔵太の目を覗き込んだ。

「僕が相手の名前を教えたら、君、その足で殴り込みに行く気じゃないだろうな？」

「う……。やっぱ、わかるか？」

「わからいでか！　そういうの僕は好きだが、無謀にすぎる。幾らじーさんが引退しているとはいえ、向こうには溝口もいるんだぜ？」

相馬は人差し指を振ってみせた。

「あのベースボール顔のおっちゃん、かつてはボクサーだったんだ。孤児だったのをじいさんに拾われ、さんざん世話になったらしい。恩義を感じているわけだ。殴り込みなんかしてみろ？　殺されるかタコ殴りに遭うか、いいトコ、捕まるのがオチだ。更紗嬢を泣かせることになる」

「……じゃあ。他に方法がなくて、絶体絶命の時しかヤバい橋は渡らないと約束する。だから教えてくれ」

「いや、そういう問題じゃなかろうよ。——物欲しげに手を出したって駄目だっ」

顔をしかめる相馬に、蔵太は必死で頭を回転させる。ここで、なんとしても情報をもらわねばならない。そもそも最初は、そういう予定だったことだし。

やがて天の助けか、閃《ひらめ》いた。

「ちょい待て。よく考えてみろよ？　あんたはもう、黒幕の相手がかつての大物政治家だってほのめかしたも同然なんだ。これに『元ボクサーの溝口』って名前のヒントが加わりゃ、俺のしょぼい調査能力だっていつかは相手にたどり着くぜ？　遅いか早いかの違いだろうが」

蔵太のこの指摘は、クリティカルヒットだったようだ。

今度悩むのは相馬の番だった。明らかに「しまった！」という表情で自分の髪をくしゃっとかき混ぜている。調子こいて色々しゃべったのを後悔しているようだ。たっぷり一分以上は、悩み顔で沈黙していた。

そのうちため息をつき、

「こりゃ一本取られたな、確かにその通りだなぁ。……仕方ない、教えよう。ただし、さっきの約束にプラスして、絶体絶命の時は、まず僕に連絡すること！　この条件を呑めるなら教えよう」

「オーケー、オーケー。それでいい」

「その、うきうきした語尾が激しく心配だ。男同士の約束だぞ、ちゃんと守れよ！」

こぼしながらも、電話番号と自分の名前しか印刷してない名刺の裏に、さらさらと文字を書いてこちらに寄越す。

受け取り、ささっと住所と名前を確認。呆れたことに蔵太でさえ名前を知る、かつての首相経験者だった。だいぶ前に病気を理由に引退したと聞いたが……。

「こいつが諸悪の根元か！」

「だからその、竹を割ったよ～な、安易な判断はよせというに。一番の急進派には違いないが、似たような奴は他にもいるんだぜ」

「そいつらのことは後だ、後。世の中、順番ってもんがあんだよ。できることからコツコツだ」

「できることってなんだね！　君ね、約束を忘れてもらっちゃ困るぞっ」

相馬は盛大に顔をしかめた。

が、急に別のなにかを思い出したようで、また姿勢を正した。

「そうだ、最後にもう一つ言っておかねばならない。今や僕らの話題を独占する『彼ら』だが……君はもう気付いているはずだな？　向こうが既に更紗嬢の身辺を探っているのを」

「――というと？」

「とぼけたもうな。図書館でトワイライトゾーン的出来事があったろ」

思わず背筋が伸びた蔵太である。

今の言いよう……こいつ、俺とダチの会話を盗聴でもしてたのだろうか。

「その一件をなんで知ってるっ。つーか、俺は最初、あんたらが犯人だと思ってたんだぜ」

「『機関』のメンバーにも、親愛なる溝口の一派にも、能力者なんて皆無さ。つまり、その第三の男――図書館で君にちょっかいかけた誰か――こそが、『彼ら』の一人ということになる。更紗嬢の一件に感づき、わざわざ人類社会にご降臨したらしいぜ？　しかも、もうずっと前から我々を観察中だったようだ」

ここで相馬は、意味ありげに笑った。

「君だって、昨晩、更紗嬢にヒントをもらっただろ。もう相手の見当はついてるはずだが？」

「おいっ。やっぱりおまえ、盗聴――」

蔵太が文句を付けようとした時、表でなにか言い争う声がした。

さっき駆け足で戸口を離れた部下と、女性の声が早口で言い合っている。というか、女性側が一方的に相手をやりこめていた。

げっ、と思う蔵太である。

というのも、このよく響くソプラノの声に聞き覚えがあったからだ。

第五章　対決

「わたっ。まさか、本当に突き止められるとは！」

相馬が立ち上がる暇もない。

ガラッとばかりに引き戸が開け放たれ、陽光をバックに純白のゴスロリファッションが浮かび上がった。

二人の話題の中心人物、宮前更紗、その人である。

彼女の背後からクルーカットのごつい若者が顔を出し、「失礼しました。宮前さんがどうしても——」などと言い訳を始めるのを遮り、当の更紗がきっと相馬を見据えた。

「相馬さんっ。あれほど御崎君を巻き込まないでって頼んだのにっ」

「あ〜……いや、僕はだね」

「僕はだね、じゃありませんっ」

ぽんぽん言われ、席を立った相馬が困り顔を作る。救いを求めるように蔵太を見た。

「違うぞ、宮前。この人が出てきたのは、元々俺がちょっかいかけたからだ」

「……どういう意味？」

朝からの自分の行動を、詳しく話してやった。もちろん、なにもかも全部。

で、話し終えた途端になにか言おうとした更紗に、ぱっと片手を上げる。

「わかってる！　おまえが俺を巻き込みたくないのは知ってるし、理解できる。けどな、俺はなんとしても巻き込まれる気なんだ。悪いが、そろそろあきらめてくれ」

蔵太は腹の底から声を出した。

そして、強い意志を込めて更紗の黒瞳を覗き込む。なにか言おうと口を開けたものの、更紗は結局押し黙ってしまった。急に勢いがなくなり、俯いてしまう。

と、見ていた相馬が感心したように頷く。たとえていえば、引退した大統領が後継者を眺めるような目をしていた。

「いい感じだ……安心したよ。こりゃ、僕が迷うまでもないな。更紗嬢のことについては、全て蔵太君の判断に任せよう……」

なにを迷ってるって？　と訊き返す前に、入り口に立つ部下の胸で携帯が鳴った。

皆がそっちを注目する。

「はい、こちらA班で——は、了解。相馬さん、お電話が」

「……そういや、僕のは切ったままだったな」

携帯を受け取って耳に当てた相馬は、なにを聞いたのかみるみる表情に鋭さを取り戻した。短く、「わかった、すぐに行く！」と答え、即座に通話を切る。

蔵太と更紗を見やり、短くこう告げた。

「溝口が動いたらしい。保管施設が襲われている！」

「なんだそれ？」

「保管施設ってのは文字通り、公表できないオーパーツの保管庫だ。……中には、強力な武器になるようなものもある」

「それが狙いか！」

蔵太が唸ると、相馬は「多分ね」と吐息をついた。

「しかし、あいつはもっと慎重な男だと思ってたな。あそこは一番警戒が厳重だし、こんな行動に出れば、自分の主人まで危うくなるのはわかってるはずなんだが」

相馬は一瞬、顔をしかめたが、すぐにきりっと表情を引き締めた。

「まあいい。敵のミスはこっちのチャンスだ。バックのじいさんごと、今度こそ溝口を捕らえてやる！」

☆

相馬の行動は恐ろしく素早かった。

店を出て迎えの車に飛び乗るや否や、数台の車を連ねて走り去ってしまう。

準備中の札がかかった店の前に突っ立ったまま、二人は相馬達の車列を見送った。

俺も連れて行け、と蔵太が主張する暇すらない。いや、主張したところであっさり断られたろうが。

「くそっ、俺達はのけ者かよ。そりゃないぜ、鉄砲くらい撃たせろや。なあ――」

同意を得ようと横を見る。

ところが視線が合った途端、更紗は怯えたハムスターみたいな勢いでささっと目を逸らした。

「……どうした？」

蔵太が尋ねても、更紗は自分の足下を見つめたままである。ひどく気まずそうでもあり、恥じらっているような感じでもある。

「なんだよ、黙ってちゃわからんぞ。あっ、なんかあったのか、もしかして！」

「そうじゃなくて……」

隙間風を思わせる、小さな声。

「あの人から色々聞いたんでしょう？　あたしのこと、なにか言ってた？」

「ああ、まぁな。多少は聞いた――」

ここで、さすがの蔵太もピンときた。

さっきの相馬のセリフ……『僕が迷うまでもない』とか『君の判断に任せる』とかいうアレは、このことを指していたんじゃないか？　昨晩の本人の説明からして、おそらく更紗は、自分の素性についての詳しい事情をまだ知らないのだ！　相馬は肝心なことを、ぼかして説明していたに違いない。自分もそれに倣うべきだろうか……いや、しかし――。

蔵太は不安そうな更紗の手を取り、その黒瞳をじっと覗き込んだ。

「さっきの話、おまえも聞いとかなきゃな。いいぜ、例の力を使ってくれ。なるべく読みやすいように、心の中で思い返してやる……」

らしくもない静かな物言いに、余計に不安そうに瞳を瞬いた更紗だが……やはり無関心ではいられないようである。

蔵太がもう一度頷くと、更紗は目を閉じて集中し始めた。


今度は読み終えるまでに、長い時間がかかった。

次に瞳を開いた更紗は、無理もないが、誰がどう見ても動揺していた。

「う、嘘……それじゃあ、あたしは本当は人間じゃないってこと……？　ただ能力があるだけじゃなくて、人間とはまるで別種族……」

「いや、それはおまえを調べた奴らの勝手な分類だろうよ。気にするこたぁないぜ」

更紗はまるっきり蔵太の話を聞いていなかった。露骨に視線を泳がせ、ふらふらと数歩後退る。

トリートメントばっちりの前髪の生え際に、うっすらと汗をかいていた。

「人間じゃない……だから、一緒にいちゃいけない……そういう意味だったの」

「じゃなくてだな――おいっ」

歩道と車道の段差に足を取られ、危うく倒れそうになった更紗の腕を、蔵太は急いでひっ摑む。すっぽりと全部摑めそうなほど細い二の腕から、さざ波のような震えが伝わってきた。思った以上に強烈なショックを受けたらしい。

蔵太は自分も焦りを感じ始めた。

我が身と比べてあまりにも華奢《きゃしゃ》な両肩を押さえ、大きく揺する。

「おい、しっかりしろ！　おまえはどう見たって人間だってっ。第一、人間じゃなきゃ、ここまでヘコむもんか。そこらのアホより、よっぽど人間っぽいぞっ」

それに、ひどく傷つきやすいと思う。

がさつな自分とは大違いだった。

「で、でもでもっ。生物学的には違うって、明らかに違う種族だって――」

「でももストライキもないっ。いいから、もう一回目を瞑って、ちょい深呼吸してみ？――ほら、早くせー、急げっ」

故意にドスを利かせてやかましく指示を出す。効果があった。

更紗は素直に目を閉じ、大きく深呼吸を始めた。

「そうそう……簡単だろ。吐いて吸って……吐いて吸って」

ラジオ体操の兄ちゃんよろしく、適当に拍子を取ってやると、蔵太に支えられたまま、大人しく一生懸命に深呼吸している。実はこいつ、素直な性格なのかもしれない。

間近でその白い顔を見ているにつけ、女の子っぽい長いまつげや、桃色の唇などに段々目が奪われていった。気がつけばアホらしい号令をやめ、綺麗に鼻筋の通った顔をじいっと眺めてしまっている。静かになって不審に思ったのか、更紗が深呼吸を中断し、ふっと目を開けた。

数センチの距離に蔵太の顔を見つけ、小さく悲鳴を上げた。

「きゃっ！　な、なにっ」

「おっと……わりぃ。観察してるうちに、おまえってめちゃ可愛いなあと……見惚《みと》れてた」

「あ、あのねえっ。あたしが悲愴感漂わせて落ち着こうとしてるのに！」

続けて、セクハラだの痴漢だの強姦魔（おいおい！）だのと照れ隠しに悪態を並べ立てる更紗を、蔵太はいきなり抱きしめた。

「ちょ、ちょっとおっ」

「どうせ痴漢呼ばわりされるなら、これくらいしとかないと損だ」

「どういう理屈よっ」

じたばたと蔵太の腕の中で暴れたが、あいにく腕力が違いすぎるので振りほどくのは不可能である。蔵太がおもしろがって余計に強く抱きしめていると、意外にも更紗はすぐにもがくのをやめてしまった。どういう心境の変化か、大人しく抱かれたまま動かなくなる。

調子に乗りすぎたか？　慌てて手を放そうとしたものの、今度は更紗の両腕が蔵太の背中に回され、引き留められた。

これには蔵太の方が焦った。冗談まじりならともかく、本来、こういうのは苦手なのである。

ついでに、今更だがおばさんやリーマンといった通行人達が、目を丸くして遠巻きに自分達を眺めているのに気付く。むっとして、大魔神もびっくりの威嚇《いかく》顔を作り、ふざけた見物人どもを追い払った。

見せ物じゃねーんだよ、殴るぞコラ！

「ねえ……」

「お、おう。どうした？」

「蔵太君は……あたしが他の人と違うの、気にしてないのね？」

「……は？」

蔵太は一瞬、なんのことかわからなかった。

元より、最初から問題にもしてなかったせいだ。

「あ、あぁ〜、さっきの話な。当然だろ、俺ぁ最初からな〜んも気にしてないぜ。多少の違いくらい、どうってことないって。頭に角が五、六本も生えてんならともかくよ」

「うん……蔵太君ってそういう人だよね」

自分の胸に顔を埋めたまま、更紗がそっと呟く。

……そういえば、いつの間にこいつ、俺を『蔵太君』と呼んでいるのか。いや、なにも文句などないし、むしろ大歓迎だが。

「じゃあ……」

やっと更紗が顔を上げた。

至近から蔵太を見上げ、弱々しく微笑む。

「あたしも、気にしないように努力する。一生無理かもしれないけど……」

なるべく頼もしそうに見えるといいが、なんて思いながら大きく頷いてやった。

さすがに、更紗本人が自分ほど簡単に割り切れないのはわかっているのだ。と、和んだところに、突然間の抜けた誰かの声。

「……あの、ちょっといいかな?」

「うわっ」

「きゃっ」

二人とも、大慌てで身体を引き離した。

見れば、相馬が『河合』と呼んでいた若者が、店の横にポツンと立っている。あたかもエロビデオ鑑賞中なのを親に見つかったような顔で、蔵太達を窺っていた。

「い、いつからいたんです、河合さんっ」

「そうだそうだ! はっきり言ってビビったぞっ」

更紗に便乗して、蔵太も思わず苦情を言う。

河合某はむっとしたように、

「最初からいましたとも! ただ声をかけづらかっただけで。いつ気がついてくれるかと、ずっと待ってたんですっ」

……なるほど。

更紗より先に、蔵太がわびを入れた。

「あ〜、悪い悪い。で、なんだ……じゃなくて、なんです?」

「——いや。ただ、バイクは店の裏に止めてますよって教えようと」

言いかけた河合が、突然、さっと道路の向こうを見た。穏やかだった顔が突如として強張る。

そして、どこからか急ブレーキの音がした。

河合はいきなり怒鳴った。

「二人とも伏せろっ！」

☆

蔵太は即座に動いた。

心のどこかで、いつかはこういうことがあると密かに覚悟を決めていたせいかもしれない。まるで迷わず、しかも音のした方を確認もせず、更紗に覆い被さるようにしてアスファルトの上にダイブした。

その直後、大気を震わせ、二発の銃声が連続した。身を低くしてジャケットの内側に手を入れかけた河合が、着弾のショックで為《な》す術《すべ》もなく宙に浮き、路上に叩き付けられる。

「――！　河合さんっ」

更紗が声を震わせる。

蔵太は立ち上がろうとする彼女の頭を、無理に押さえ付けた。

やっと河合が見ていた方に目を向ける。ずっと先の道路脇に見覚えのある車が止まり、溝口がそのそばに立っているのが小さく見える。あんな遠くから当てるとは！

だいたい、今頃はどっかを襲っているはずじゃなかったのかっ。

「立つな、宮前っ。的になるようなもんだ！」

「で、でも、河合さんがっ」

「そいつは死んでない。よく見ろ、血が出てないだろ！　防弾ジャケットを着てたんだっ」

早口で教えている間に、また銃声。

三発目、四発目――そして、おそらくは頭上を通過した銃弾の風切り音。呪われた笛の音のように、不気味に音が響く。

蔵太はやっと腰の後ろに手を伸ばし、例の拾った銃を抜き出すことに成功した。安全装置を外して半身を起こすや否や、撃った。的は遠いが、躊躇なく撃った。本番が来て、万一撃てなかった時のことを恐れていたのだが、全く迷いはなかった。河合が撃たれて頭に血が上ったせいかもしれない。闇雲に撃ったのだが、一発はボンネットに命中、さらにもう一発がフロントガラスに弾着して細かいガラスの破片をまき散らした。

さすがの溝口もたまらず、さっと車の後部に待避する。加えて新たな銃声がした。

音のした方を見上げると、斜め前のビルの屋上から、誰かがライフルで溝口の車を狙って撃ちまくっている。多分、相馬配下のまだ見知らぬ護衛だろう。

蔵太と目が合うと、そいつが叫んだ。

『その子を連れて逃げろっ。今のうちだ！』

「わかった！　恩に着るぜっ」

蔵太は怒鳴り返し、

「宮前、チャンスだっ。そいつを引きずって店内に逃げ込め！　店を突っ切って裏へ回るぞっ」

「わかったわ！」

気丈な更紗はパニックに陥ることなく、力強い返事を返し、中腰で河合に近付く。

途端に、車の向こうから顔を出そうとした溝口に、蔵太は連射をお見舞いしてやった。

耳を打つ重い銃声が連続し、これだけ明るいのに、マズルフラッシュが銃口から微かに伸びる。

敵はまた頭を引っ込めた。更紗が河合を引きずるようにして店の前に至るのを確かめ、蔵太は最後にもう一発撃ち、そちらに駆け寄った。

更紗が必死にガラス戸をガタガタやっている。

「鍵がかけられてるわ！」

「わかってる。どけ、宮前っ」

「――！　きゃっ」

慌てて飛び退く、更紗。

「そらあっ」

喚声を上げ、ガラス戸にタックルを敢行した。

――当然、勢い余って戸をぶち破り、店内に転がり込む。細かい傷が一杯できてあちこち痛いが、きっぱりと無視。

撃たれて身体に穴が空くよりは遥かにマシである。

「河合って人、大丈夫だな？」

「え、ええっ。ちゃんと呼吸してる。気絶してるだけみたい」

「よし、良かったっ」

蔵太は更紗の腕から河合を取り上げ、店内の隅っこに引きずって寝かせた。そして即、更紗の手を取る。

「裏だっ。逃げるぞ！」

「でも河合さんは？」

「馬鹿、溝口の狙いはおまえなんだっ。気絶してる奴なんか構うもんかっ」

心配顔の更紗の手を引っ張り、蔵太は走る。

空っぽの厨房を突っ切り、裏口を蹴飛ばすようにして外へ、安全な場所へ！

そこは店の専用駐車場になっており、バイクはその端っこにちゃんと止めてあった。キーも付けられている。

「よしっ」

気合い一発、シートに飛び乗ってセルを回す。蔵太の祈りを聞き届けたかのように、中古バイクのFXは一発でエンジン始動した。その直後、表の方から怒声とライフルの音とタイヤのスキッド音がごっちゃになって聞こえてきた。上から狙われているのにも構わず、溝口が車に飛び乗って突撃してきたらしい。

数秒後、入り口の方から千の雷鳴もかくやという爆砕音がして、足下が揺れた。

「うおっ」

店に突っ込みやがったのだ！　今度ばかりは、是が非でも更紗を殺す覚悟でいるようだ。

すかさず、車のドアが開く音。

「宮前、早く乗れっ」

「――今の音！　河合さん、大丈夫かな」

「大丈夫。派手な音はしたが、破壊されたのは入り口だ。隅っこのあいつは怪我してないさっ。ほら、急げ！」

「う、うんっ」

華麗な、ゴスロリ的お姫様ルックの更紗は、意外に素早い身のこなしでひらっと背後に乗った。

蔵太は即座にバイクをスタートさせた。後輪から白煙が上がり、急激にトルクがかかったせいで一瞬、前輪がふわっと持ち上がる。駐車場を出て右折しようとしたその時、最悪のタイミングで溝口が裏口から飛び出してきた。

蔵太はちょうどハンドルを切りかけているところで、ベルトに挟んだ銃を抜く余裕がない。しかも、無防備なバイクの側面を向こうに見せている。

溝口がにいっと笑った。

「しまっ――」

ドンドンドンッ

幸い、溝口より先に撃った奴がいた。

背中の方から、一続きになって響いた連続射撃音。更紗が蔵太の腰に片手を巻き付けて自分の身体を支え、撃ちまくったのだ。振動がこっちにまで伝わってきた。

お蔭で溝口は射撃ポーズの途中で駐車場に伏せ、その隙にバイクは敵の射線から外れてくれた。本格的な逃走に移る。

「そうか！　おまえ、スカートの下に銃を隠してたよな。助かったぜ」

「ううん、あたしこそ——。それより、ああっ。今、本当に狙って撃っちゃったわ！」

「なにを言ってるっ。それでいいんだ。よくやった、マジ感動した！」

「あ、あいつに当たってないわよね、ねっ？」

「当たったって構うもんかあっ。むしろ、ガンガン当てろっ」

喚きつつ、蔵太は人の往来がない住宅地を突っ切り、遠回りして元の道へ出た。思いっきりアクセルを開けて疾走する。

「とにかくだ。一旦、どこかへ逃げよう。しっかしあいつめ、保管施設とやらを襲ったんじゃなかったのかよ」

「——作戦だったのかも。部下を引き連れて実際に襲撃したんだろうけど、自分は顔見せだけして引き返したとしたら？　そして相馬さん達と入れ違いに、手薄になったあたし達の方へ奇襲をかけたんじゃないかしら？」

轟々《ごうごう》と鳴る風の合間に更紗が答える。

さすがはＩＱ３００（多分）、なかなか鋭い見方かもしれない。……どうでもいいが、ちょっと危機を脱しただけなのに、蔵太は早くも背中の肌触りが気になってきた。

そんな場合じゃないのはわかってるが、これほどぴったりくっつかれると、意識せずにはいられない。具体的には、胸とか。

「ねえ、聞いてるっ？」

「あ、ああ、聞いてるさ。一杯食わされたって言うんだろ？　その通りかもな。まんまとハメられたわけだ。済んだことはしゃーないとして……さて、どこへ逃げるか」

蔵太は全くスピードを落とさず、街を爆走する。

車に駆け戻った溝口は、バックで店から飛び出し、すぐに追跡に移った。

道路に人だかりができかけていたが、バックで突進してくる車のテールを見て、皆、わたわたと飛び退いた。罵声だけが後ろから追いかけてくる。

走り去る前にちらっと上を見たものの、ビルの屋上から狙っていた『機関』の誰かは、もう姿が見えない。おそらく、相馬に連絡しようとやっきになっているのだろう。

ご苦労なことだ。半径数百メートル圏内は、ついさっきから通話不能になっている。それくらいの用意をしてないと思っているのだろうか。しかし、それでも大して時間が稼げないのもわかっている。相馬はそこまで甘い相手ではないのだ。

あまり時間はないはず……急がねば。

あいつは知らないだろうが、バイクにはとうに発信器が仕込んである。念のため、前に仕込んでおいたのだが、今になって役に立った。これで、絶対に逃しはしない。

車の内装にはめ込んだディスプレイの光点を頼りに、溝口は彼らを追う。途中の信号は、確実にクラッシュしそうな時以外は全てパスし、邪魔な通行人はクラクションで追い払う。

警察が出てこようと機関のメンバーが戻ろうと、とにかくあの牝ガキを始末できればそれでいい。たったそれだけで、あの人は安らかに眠れる。ならば、ためらう理由はない！

溝口にとって大事なのはそれだけだった。

今回は、念のために自分の命もかけてるし、特殊な装備も持ってきた。失敗はしない！

やがて、百メートルほど先に二人乗りのバイクが見えた。あの派手派手しいゴスロリファッションは、見間違えようもない。

「先生が、かつては『機関』の重鎮だった事実を忘れているな、相馬よ」

アクセルをベタ踏みしつつ、溝口は呟く。

「……保管施設で管理している奴だけが、ヤバいオーパーツってわけじゃない」

助手席に投げ出してあった、銃というにはあまりにも不格好な、ごく小さな杖のような形をした『なにか』を手に取る。窓を下ろし、ソレを前方に向けた。

……構造や原理が理解できなくても、誰でも発射することは可能だ。そして、今こそこの、あらゆる物質を融解するオーパーツ、『レーヴァティン』を使う時だろう。

「――これで終わりだ！」

スイッチに当たる小さな突起を押した。


とっさに車線変更をしたのは、別に蔵太の手柄ではない。

大人しく後ろに乗っていた更紗が、いきなり「ハンドル切って！」と叫んだからだ。

その声に込められた、背筋が寒くなるほどの切迫感に、蔵太はとっさに反応した。聞き返しもせずにさっと車体を倒し、追い越し車線から左に移った。

間一髪なんてモノではない。いいところ、間半髪くらいだった。網膜に焼き付くほど鮮やかな、毒々しい真っ赤な閃光《せんこう》がずばっと真横を通過していった。というか、ほんの一瞬のことだったので、通過したように見えた、というのが正しい。

ジュバッと泡立つような音が、遅れて耳に届く。

逸れた閃光は斜め向こうの歩道脇に止められた車に命中、大衆車は瞬く間にぶわっと白熱し、その直後、ドロドロの固まりになって見る見る崩れてしまった。

もはや、単なる路上の汚い染みである。

「――なっ」

蔵太は、ハンドルを持つ手が強張るのを感じた。

「今のエグい攻撃はなんだ、おいっ」

「わ、わからない！　でも、撃たれる間際に凄く嫌な感じがしたから、そ、それで叫んだの」

蔵太はまたバイクを加速させ、一気に溝口の車を引き離しにかかった。冗談ではない、あんなのに当たったら、一発でバイクごとオシャカだ。

「今度は右へっ」

反射的に蔵太は車体を傾け、コースを変えた。

また更紗の声に――というか、先読みの『能力』に救われた。

再度、真紅の光の筋が至近を通過、今度は道路の片隅に当たり、アスファルトを灼熱の溶岩じみたモノに変えてしまう。

大きく迂回してそこを避け、そのまま突進したが、背後では悲鳴が次々と上がり始めていた。

蔵太はまたバイクを倒し、交差点を左に折れた。お蔭でやっと銃撃（光撃？）がやむ。

車は小回りが利かない。バイクのようにがむしゃらに、車列を縫うようにして走り抜けるのは不可能だ。再び敵が追いつき、あの怪光線の射線に入るまで、一分くらいはあるだろう。

それにしても、さっきの光線……不法駐車してた最初の奴は無人だったから良かったが……もし誰かが乗っていたら死人が出ていたところだ。

「イカれた野郎めっ。こんな場所であんなモンぶっ放しやがって。自分でもオーパーツをガメてたのか、あいつっ」

「そうかも……。それより、このままだと他の人に迷惑がかかっちゃうわ」

緊張気味の、そして微かに怯えの混じる更紗の声。

「わーってる！　今考えてるトコだ。名案を思いつくまで十秒くれっ」

蔵太が完璧なるヤケクソで返したら、更紗は本当に黙り込んだ。まさか、本気で十秒待ったら名案が浮かぶと期待しているわけじゃ……いや、待て。

「なあ、今ってめちゃくちゃピンチだよなっ」

蔵太は背後に怒鳴る。

更紗は期待通りの返事をした。

「これ以上ないくらいにピンチよっ。人生の危機よ！」

「しかも、誰かに連絡取ってる暇もないよなぁ？」

「相馬さんにならいま電話してみたけど。全然駄目、繋がらない。通話圏外になってるみたいなの」

蔵太は髪をちりぢりになびかせつつ、にんまりと笑った……これで義理は果たした。

「そうか、連絡した後か。で、不通と。なら、どう考えたってこりゃ『ふかこーりょく』ってヤツだわな、しゃーねーよな。おまえ、証人だかんな」

「なんの話なの？」

蔵太は返事代わりにポケットから相馬の名刺を出して渡した。

「裏を見てくれ。そいつが黒幕で諸悪の根元だ。――て、言われるまでもなく俺の記憶で見てるよな、それ」

「見たけど……それがどうしたの」

用心深そうな更紗の声。なにか不穏な気配を感じ取ったのだろう。

蔵太は、迷いも曇りもないすかっと爽やかな声音で宣言してやった。

「今からそこへ殴り込みに行くぜー！」

「……なんですって？」

「いや、なんですってじゃねーんだよ。溝口筋肉馬鹿は、総力戦で来てんだ。この分なら親玉の家は警備が薄くなってるだろうし、好都合だろうが。逃げの一手より、転進しつつ攻撃！　こっちの方が俺の好みだ」

「好みって……え、ええ――――っ！」

真っ黄色な悲鳴を心地よく聞き流し、蔵太はいきなり角を曲がった。

住所は覚えてるし、場所はだいたいわかる。

後は……自分が殺される前に敵にたどり着けるかだ。

☆

更紗は蔵太の腰にしがみつき、ただひたすら震えそうになるのを我慢している。

この状況でも全く怯えている様子がない蔵太は、本気で大物政治家の家に特攻をかけるつもりらしかった。

その試みには呆れるし、なんだか無鉄砲でなにも考えてないっぽいし、普通なら是が非でも反対するべきだろうけれど。だけど自分でも驚くことに、更紗は全く止める気はなかった。

なにがあろうと決してあきらめないこの人に、いつの間にかすっかり惹《ひ》き付けられている自分がいる。この無茶な行動について心配したり怖がったりする以前に、自分が心の奥底で、妙に華やいでいるのにとまどっていた。確かに怖いのだが、それだけではないのもまた事実なのだ。

……正直に言うと、嬉しい。

自分のために、この人が一生懸命にがんばってくれているのが、無性に嬉しい。

友人達が一人残らず去って以来、もはや忘れていた感情である。

本当なら、こういう喜びに浸るのはいけないのだろう。

彼を巻き添えにしないために、更紗はとうの昔にバイクを飛び降りているべきなのだ。蔵太がなんと言おうと、迷惑をかけるべきじゃない。

とにかく、出会った頃はそう確信していた。


――このことでもしも誰かが傷つくのなら、それはあたしでなければいけない。

なぜならこのあたしは、どこの誰にも必要とされていないし、この世界のどこにも居場所がないのだから。だからこれ以上、他人に迷惑をかけるべきじゃないのよ……。

しかし、当たり前の話だが、バイクから飛び降りるためには、まず蔵太の腰に回した手を放さねばならない。彼から身を引き離さないといけない。

今も、身体中にみなぎっている勇気と温かい気持ちに、別れを告げるということだ。

それは、現在の更紗にとっては耐え難いことだった。離れたくない……この温かさを知ってしまった今となっては。少なくともこの人がいる限りは、まだがんばれる……そう思ってしまう。

というか、ぜひともそう信じたいのだ、あたしは。

「おいっ。ヤケに大人しいが、どっか怪我でもしたかっ」

急に蔵太が振り向いた。

「う、ううんっ」

更紗は慌てて首を振る。

「へいきっ。ま、まだまだ、全然へいきっ」

「おっしゃあ！　その意気だぜっ。明日になりゃ、もうスカッと片づいてるからな。なにもかも終わって、きっと気楽になれる！　だからもう少しの辛抱だぞ、なっ」

「う、うんっ」

ああ、この人はこんなにも温かく……そして強い。あたしのように、悲観的なことばかり考えたりしないのね。

手を放すどころか、更紗はいよいよ力を込めて蔵太にしがみついた。

唐突に、小さい頃に見ていたテレビアニメを思い出した。今からでは信じがたいが、昔の更紗は夢見がちな少女だったのだ。

そう、お約束モノの番組を本気で信じるほどに。

あの当時、幼い更紗が熱心に見ていた物語では、主人公が危なくなったら必ず正義の味方が登場していたものである。

無論、この人にはああいう派手なかっこよさはないし、目つきだって悪い……おまけに、タバコも吸うし。加えて特に都合のいい能力もないし、乗っているバイクはあまりにも古臭くてやかましい……第一、無免許だし。

でも、それでもこの人は、かつて心から信じていた、画面の向こうの人なのかも。

でなければ、どうしてこうも都合よく現れたりするだろうか?

あたしが絶望し、死ぬことしか考えていなかった、あの時に。

おばあちゃんが亡くなったら、自分も死んでやるんだ！　そんな風に決心していた時に。

まるで救いの手を差し伸べるように、あまりにもタイミングよく――。

そんなことってある?　そんな偶然ってある?

いいえ、あるはずがない。これが偶然なわけないわ。

馬鹿げていてもいい、笑われてもいい。

幼い頃、なにも疑わず、なんの不安も覚えず、ひたすら無邪気に信じていた――。

そう、この不良じみた目つきの悪い少年こそが、あたしにとってのヒーローなのだ……。

☆

一方、いつの間にか意中の人にヒーロー認定されていた蔵太は、ヒーローらしくもなく、やや焦っていた。

というのも、目的地である隣県に入るのに、あえて近道を選んだのだが――。

その道というのが、岬町の人々が「湾岸道路」と呼ぶ海岸線沿いの道路で、結構見通しが良くて空いているのだ。一ヵ所、やたらと長い直線もある。つまり、もしここに溝口が追い付いてきたら、他人を巻き込む可能性は少ない代わりに、自分達が激しくヤバい。

何しろ道の左側は落石防止のためにコンクリートで固められた斜面が延々続き、右側はガードレールを挟んで即、海である。

途中、数キロにわたってどこにも枝道も逃げ場もない。さっきのように交差点を曲がって攻撃をかわすなど、不可能なのだ。

いや、まさか都合よくここで追い付かれるはずもなかろうが。

まあ、さっきのアレでもうあいつは巻いただろうしな。ドン亀の車なんかに、中古とはいえ、俺のＦＸが負けるはずがねー。蔵太はあえて自分に、そう言い聞かせた。とにかく、死んでも後ろの更紗だけは守らないといけない。

生まれて初めてといっていい心の底からの思いに、闘志を燃やす。

やっと、気張るだけの価値があることに出くわしたのだ。

ここで根性を出さねば、いつ出すのか！

そう思って気を引き締めた途端、更紗が身じろぎするのを感じた。

「あいつ、追い付いてきたわっ」

「なにっ。マジか！」

蔵太が呻くや否や、更紗はまた片手を放し、いきなりぶっ放した。重厚な銃声が澄みきった大気に吸い込まれ、銃声と一緒に小刻みなショックがこちらにまで伝わってくる。

「命中しない……タイヤを狙ってるのにっ」

「しゃーないって。映画みたく、都合良くはいかないだろうしよ」

フルスロットルで緩いコーナーを抜けた後、蔵太は振り向いて敵の位置を確認した。

マジで追い付いてきてるし！　なんでこの道へ出たのがバレたんだ。まだだいぶ遠いが……安心はできない。現に溝口は窓から片手を出し、こちらになにかを向けようとしている。アレがその武器なのだろう。射程に入ったらすぐに撃つつもりのようだ。

「宮前っ、残弾は？」

「大丈夫、まだ大丈夫っ。弾倉も幾つか預かってるから！」

「気が利くなあ、あの相馬って奴。じゃあ、なるべくあいつが接近しないように適当に撃って間合いを保ってくれ。単純な競走なら、バイクの方が――」

「駄目っ、追い付いてきた！」

切迫した声に、また蔵太は振り向く。

本当だった。数百メートルは離れていたはずの車は、今やぐんぐんスピードを上げて追い上げてきている。改造でも施してあるらしく、見た目を裏切る加速力だった。

しかも、あのめちゃくちゃな運転――。

緩いコーナーがやたらと多いのがこの湾岸道路の特徴なのだが、溝口の車はカーブでもまるで減速しない。そこかしこのガードレールに車体を擦《こす》りつつ、爆走している。早くもボディーがベコベコである。

命知らずというか……事故の危険を真っ向から無視しているというか。

「――！　まずい、一番長い直線に出たっ」

限界までブレーキングを遅らせ、U字コーナーをクリアすると、その向こうはずばっと長い直線である。

優に１km以上はある。地元の族連中がよくゼロヨンに使う場所なのだ。

ここで背後につかれたら――。

背中の向こうからタイヤがぎゅるぎゅる滑る、嫌なスキッド音がした。

更紗の悲鳴のような声。

「あいつが曲がってくるっ」

「上等だぜ、ちくしょうっ」

蔵太はアクセルを目一杯開け、中型バイクの加速性能に挑戦する気合いで、猛然とダッシュした。

ＦＸの速度計の針は、たちまち時速百㎞の表示を行き過ぎ、百五十㎞ラインに接近する。尻の下でエンジンが今にも分解しそうな勢いで振動している。足下の道はまさにぶっ飛ぶような速さで流れ去っており、真ん中の白線などはもはや直線にしか見えない。

前傾姿勢を保っていてさえ、轟々たる風がバイクから身体を引きはがそうとする。今ここでタイヤが小石にでも乗り上げたが最後、バイクは宇宙戦艦よろしく、群青の海へ飛び出すだろう。怪光線にやられるまでもない。

くそっ、我ながら不吉な！

「しっかり摑まってろよ、宮前っ」

「う、うんっ。――あいつが武器を構えているわ！」

「撃ちそうか？」

「まだ狙ってるだけ。多分、距離を詰めてから撃つ気よっ」

言った後、こちらに近付かせないためか、また更紗が撃った。

一発、また一発。二発目がどこかに当たったらしく、鈍い金属音がした。

「あいつ、撃たれても怯《ひる》まない。真っ直ぐ向かってくる!」

「けっ。怖くねーのはこっちも同じだっ」

大嘘である、んなわけはない。やせ我慢、全開だった。

緊張して喉がカラカラだし、今は特に、絶対に撃ってほしくない。

いくら更紗が攻撃の先読みをしてくれても、このスピードで急激な車線変更などしたら、間違いなくバイクごとぶっ飛ぶ。自分はともかく、更紗まで大怪我をするのだ。いや、それ以前に、二人ともメットをしてないので高確率であの世行きである。

ぐんぐん接近する、直線の終わりを告げる逆くの字に似たコーナー。さっきのような緩やかなものではなく、きつめのカーブなので嫌でもスピードを落とさねばならない。

そろそろブレーキをかけ始めないとヤバいっ。

ところが減速を始めると即、更紗が叫んだ。

「撃とうとしているっ」

なんでわかるっ。もしかして、それも能力か!

蔵太は反射的に、べったりと限界まで上半身をバイクに伏せた。背後で更紗も同じことをしているのを感じる。

ジュワッ
エグい音とともに、ごくごく至近の頭上を熱線が通過した。後頭部に火であぶったような熱を感じ、ゾッとする。背後から微かに車のエンジン音がする。もうかなり近付いたということだ。

――そして、前方のコーナーも。

あと百メートルちょいしかない。安全速度を遥かに上回るスピードで、蔵太のバイクはコーナーに特攻しかけている。無情に前をふさぐ白いガードレールと……その向こうに海が見えた。

このままでは――。

「あと二秒っ」

更紗の振り絞るような声。

なぜか、訊かずとも意味がわかった。

二秒後に、あいつがまた撃つ――そういう意味なのだ。

それよりいい加減にもっとブレーキをかけて――っ、駄目だ、間に合わないっ！


何か大声が聞こえる。

更紗ではなく、自分の声だった。

恐怖の悲鳴ではなく、雄叫《おたけ》びを思わせる怒声だったことに安堵した。惚れた女の前で悲鳴を上げるなど、そんな無様は絶対に御免である。ぐんぐん巨大化を遂げるガードレールを目前に、車体を左へぐっと倒す。限界までＦＸを傾ける。

左膝がアスファルトを擦りそうになり、コケる寸前かと思うような、深いハングオンに入る。

二人分の体重と強烈なＧに、ＦＸのタイヤはあっさりグリップを失った。タイヤが悲鳴を上げ、ずるっと滑るのを感じる。

信じがたいほど急角度に傾いた二人の直上を、またしても例の光線が通過した。目を灼く赤光と炙《あぶ》られるように熱い放射熱を感じる。さっきよりずっと近い。車体が傾いていなければ、命中してただろう。

更紗の小さな悲鳴が聞こえ、吸い込まれるように接近するガードレールが見えた。

あれに激突したら、軽傷ではすむまい。

「うおおおお――――っ」

蔵太はヤケクソの咆哮《ほうこう》とともに片足を振り上げ、接触寸前のガードレールを思いっきり蹴った。靴の底で蹴り飛ばした。

「ぐわあっ」

痛いなんてモノではない。目から星が飛んだ。どえらい反発力だった……当たり前だが。というか、絶対に骨が折れたと思う。しかし、とにもかくにも「激突&バイクごと海へ射出」コンボを回避し、コーナーはクリアした。そして曲がりきった直後、背後で壮絶なクラッシュ音。溝口の乗った車が、ガードレールにぶち当たったのだ。

歓喜が込み上げた。

「ざまあ見ろっ。誰に喧嘩売ってると思ってんだ、こるらああっ」

再びアクセルを開けながら、蔵太はげらげら笑っていた。

ひび割れたフロントガラス越しに、ガードレールに食い込んだボンネットが見えている。どうやら、勝負を急ぎ過ぎて自滅したらしい……それにしても、なんと悪運の強いガキどもか。どうしてああも、上手く避けられる！　溝口は奥歯を噛み締め、ドアを殴りつけた。

いや、落ち着けっ。損傷度から見て、大破とまではいかない。もしかしたら、まだエンジンがかかるかもしれない。

溝口は、膨らんだエアバッグをかき分けるようにしてイグニッションキーを手探り、エンジンの再始動を試みた。

二度、三度と咳《せ》き込むような音が続き、そして、割にあっさりエンジンがかかった。

「――まだツキは残っていたかっ」

異音が混じっているが、走れるのなら問題はない。どうせ向こうは逃げられないのだ。

大喜びで車をバック、再度追撃に移ろうと――。

そこで溝口は、間近に聞こえたヘリの音に気付いた。

「なんだ？」

なにか胸騒ぎがして、溝口が窓を開けようとした時、轟音が耳をつんざいた。

ダンッダンッダンッダンッ

バルカン砲の激しい発射音がして、目の前の道路にボコボコと二列の穴を穿《うが》つ。アスファルトの欠片が飛び散るのまで見えた。

そして、上空からスピーカー越しの怒声が響き渡った。

『溝口っ、囮《おとり》作戦とはしゃらくさい真似をしてくれたなっ。だが、それもここまでだ。あきらめて出てきやがれっ』

聞き覚えのある声だが、いつもの軽い口調ではない。すっかり地が出ている。

「相馬が戻ったかっ」

溝口は唇を歪める。

さすがに動きが速い。だが――あいつは俺の手になにがあるかを知らない。

手強い男だが、この『レーヴァティン』の前にはヘリの装甲など紙切れ同然だ。バイクのように、身軽に避けるわけにもいくまい。

「幸い、的もでかいしなっ。止められるものなら止めてみろ！」

溝口は気合いを発するように声を出し、武器を手に車から転がり出た。

☆

「ねえ、平気だった？」

しばらく後ろを気にしていた更紗が、湾岸道路を抜けると同時に訊いた。こっちがあまりにも静かなので、心配になったらしい。

　蔵太はいかにもなんでもない声を作り、

「おう、もちろん怪我なんてないさ。宮前も見てただろうが」

「声が引きつってるわよ。あんな無茶をしたんだもの、無事に済むはずないわ。……足、挫《くじ》いたのね？」

　速攻、バレてるし！

　とぼけるか正直に言うか迷ったものの……どうせ嘘は通じないだろう。

「挫いたっつーか、まあちょびっと痛いのは確かだ。……うっかり、漫画の真似なんかするもんじゃねーなぁ。立ち読みした時は簡単そうに見えたんだが――絵で見る限りはよ」

「ま、まさか、骨とか折ったのっ」

　腰に回った更紗の手に、ぎゅっと力がこもる。頭の芯がずきずきするほど痛みに苦しんでいるのに、その感触はやっぱり甘美の一言だった。特に、胸とか。にやけた顔で振り向こうとすると、思いもかけず更紗の純白の下着などが見えた。

　なんて凄い格好で乗ってんだ！　ゴスロリなのに、あんな短いスカートありかっ――いや、文句は全然ないが。ともあれ、慌ててまた前を向く。

「……へーきだって。ちょっとズキズキするだけだ」

「でも、頬に汗かいてるわ……」

「大丈夫だって！　それにほれ、もう終点だ。……目的地が見えた」

更紗にも見えているだろうが、蔵太はこれから渡る橋の向こうを指差した。

高級住宅が建ち並ぶ、郊外型のベッドタウンが目前に広がっている。

目指すは、元首相の静養宅である。

……これで、決着がつくはずだ。


老人は明日をも知れぬ重病だったが、先程から屋敷の周りが妙に騒がしくなっているのは、さすがに気付いていた。

いつもなら枕元の呼び出しボタンを押せば、すぐに部下が飛んでくるのに、今は全く反応がない。ただ、どこからかしきりに悲鳴やら走り回る音が聞こえるだけだ。

元気なら自ら様子を見に行くのだが——あいにく老人は、もはや枕から頭を上げるのさえ精一杯だった。

せめてもの用心に、シーツの下に隠しておいた拳銃を手にする。

と、それを見計らったかのように、階段を上る足音。コツコツと、落ち着き払った足取りでこちらにやってくる。溝口が戻ったのだろうか……半ば、願望じみたことを考える。

しかし、その思いも空しく、ノックを省略して部屋に入ってきたのは、見たこともない少年だった。こざっぱりした格好をしており、物静かで思慮深そうな顔立ちをしている。

謎の少年は、部屋に入ると後ろ手にドアを閉め、老人に目をやった。あたかも、デパートの陳列ケースを眺めるような醒《さ》めた顔で。

「貴方が、元首相まで務めたという偉い人？」

「……他人に名を訊く前に、自らが名乗るのが礼儀だろう……無礼な」

ぜいぜい言いながら老人が返すと、少年は片手をポケットに突っ込んだまま、うっすらと笑った。ひどく冷たい笑い方だった。

「僕が誰だかわからない？　それはまた、意外なことだ……だって、貴方は『機関』にさえ黙ってたけど、僕達を見つけて滅ぼすためにずっと執念を燃やしていたんでしょう？　なのに、いざその片割れの一人を前にしても、見分けもつかないんですね」

「な……に」

老人はまじまじと不敵な少年を見つめた。

超然と立ち、かつての最高権力者でもある自分を前に、まるで物怖じしない少年を。

「おまえは……まさか……まさか」

左手が自然に動き、枕元に置いた呼び出しボタンを未練がましく押す。

少年が穏やかに忠告した。

「無駄です。……貴方の部下はほとんど出払っているし、残っていた警護の人達は、僕が眠らせました。もはや貴方は一人だ」

「わ、わしをどうする気だっ」

「さあ、どうしましょう？　どのみち貴方は長くなさそうですが、放っておいたらまた同胞に迷惑をかけるかもしれない……。僕としても考えものです」

「う、ううっ……」

一体、どうして自分のことがバレたのか。

間近に迫った死に、骨張った身体がぶるぶる震え出し、止まらない。機関すら認知していなかったこの少年を、放っておくわけにはいかない。自分が死ぬとしたら、こいつを倒した後でなければ！　と、そこでまたしても新たな足音がした。

今度は複数である。

老人は大きく息を吐き出し、少年に歪んだ笑いを見せた。

「ふはは。どうやら溝口が戻ってくれたらしい。覚悟するのはおまえの方だ――この……化け物めっ」

「化け物ね」

少年はついっと肩をすくめたが、特に顔色も変えない。

「どう呼ぼうと貴方の勝手ですが、あいにく今ここに来るのは、溝口とやらじゃないですよ。僕には超感覚があるのをお忘れなく」

それを聞き、しわがれた笑い声がふっつりと消えた。

「……なんじゃと」

「それと」

少年は問いかけを無視して続ける。

「どのみち、貴方の出番はここまでです」

しなやかな手が、すうっと伸びる。

老人は慌てて震える手を上げ、銃を撃った。

☆

目当ての大物政治家の家は、付近の住宅地からぽつんと一軒だけ離れた、小高い丘の上にあった。丘を登りきった所から始まる、馬鹿みたいに長い私道を、FXのエンジンを切って押して歩く。なんで乗ったまま乗り付けないかというと、エンジン音がやかましすぎるからだ。

蔵太の心づもりでは、これでも奇襲のつもりなのである。

銃を手にした更紗が、足を引きずって歩く蔵太を見上げた。

「……ねえ、その大物政治家がいたとして、どうする気？」

「タコ殴りにしてから、相馬に引き渡す」

蔵太は全く悩みもせずに答えた。

「今まではどうだったか知らんが、さすがに今回は言い訳のしようがないだろう。手下があれだけ街で暴れりゃな」

「どうかしら……。今でも政界の重鎮だって、雑誌で読んだ覚えがあるわ。なにもかも部下のせいにして、自分は逃げちゃうかも」

「そういう心配は、ボコボコにしたジジイを足下に転がしてからにしよーや。いま考えたって無駄だ、無駄。まずはできることからやるんだって」

「……蔵太君って、ポジティブね」

「おまえ、俺の英語の成績を知らねーな？　俺と会話する時は、とにかくムズそうな英単語と、同じくめんどくさい漢字熟語を省くのがコツだ」

「うん、覚えておく」

更紗はくすっと笑い、巨大な鉄門扉を目前に、立ち止まった。

「……どうした。怖くなったなら、ここで待つか？　つーか、その方が俺も嬉しいけど」

「そんなの嫌。これは、自分の問題だもの。最後まで一緒に行くわよ。……そうじゃなくて、お礼を言っておきたかったの。これまで、ちゃんと言ってなかったから」

更紗はそう返し、ハンドルに添えた蔵太の手に、自分の手を重ねた。

そして――銃弾などより遥かに威力抜群の上目遣いの瞳でもって、蔵太の目を真っ直ぐに見る。

「色々とありがとう……」

「ま、まだ終わってないだろうがよ」

蔵太は引き込まれそうに綺麗な黒瞳から目を逸らし、バイクのスタンドをかけた。

「それに、どっちかっつーと、俺が礼を言わないとな。数日前と比べりゃ、ずいぶんと気分がマシになった」

「……えっ？」

「わかんなきゃいい。とにかく、おまえのお蔭で俺はすげー……え〜、救われてんだよ。それだけ覚えといてくれ」

それ以上は説明せず、蔵太は見上げるほどでっかい鉄門に手をかけた。


二人でおっかなびっくり侵入したものの、敷地内は静まりかえっている。

テニスコートが四面は入りそうな芝生の庭にも、まるで人の気配が——。

いや、一人いた。

立派なノッカーのついた、玄関ドアの脇に倒れている。蔵太と更紗は顔を見合わせ、そろそろとそいつのそばに行ってみる。猪《いのしし》みたいに首の太い、いかにも「暴力の専門家」的な黒スーツ姿の男だった。口を半開きにして目を閉じているが、肩が微かに上下しているので、死んではいない。

「蔵太君、ドアが！」

更紗が指差した玄関ドアが細く開いているのを見て、蔵太は眉をひそめた。

どうも……気に入らない。

一層用心して指先でドアをさっと開けた。映画で見たのを真似して、すかさず中に銃口を向ける……敵はいた。

ただし、すぐ先の廊下に大の字でぶっ倒れている。こいつも外の同僚と同じく、平和な顔で失神していた。

「……どういうこと？」

しきりに周囲を点検しつつ、更紗が問う。

「誰かが先に殴り込んだのかもだ」

「あたし達や相馬さん達以外に、そんなことする人がいるの？」

「多分な。一人だけ心当たりがある」

「……誰？」

蔵太は答えない。

自分の疑惑が外れてほしいと思っているので、あえてなにも言わないのだ。

黙り込んだまま、靴も脱がずに中に上がる。倒れている男の身体を避け、廊下の突き当たりにある階段を目指す。

なんとなく、誰かがいるとしたらそれは二階だろうと思ったのだ。

「ま、待ってよ！」

更紗が慌てて後ろに従った。

「……誰が上にいても、驚くなよ？」

蔵太が覚悟を促すようにそう言った次の瞬間、数発の銃声が響いた。


——悪い予感ほど当たるものらしい。

階段を駆け上り、正面のドアをばっと開ける。

中にいたのは目的の老人と……そして、蔵太の予想通り、清川義人だった。

老人はベッドに寝たまま、目を閉じて微動だにせず、義人はどっしりと落ち着いて立っている。

ベッドの端から老人の手がはみ出しており、その直下に拳銃が落ちていた。

「……やっぱりおまえだったか」

蔵太は呟き、ベッドの方を指差した。

「まさか、殺したのか?」

「いやぁ、撃たれたのは僕だよ……無駄だったけど。で、この人には眠ってもらっただけ。あと数時間もすれば目が覚めるでしょ……ただし、僕らの記憶は無くしてるけどね。――それよりさ」

義人はやっと蔵太を見た。

「その反応からして、蔵太君にはもうバレてたんだね」

と、そこで更紗が我に返った。

「ま、待ってよ! どういうこと? 清川君が先回りして加勢に来てくれてたの?」

蔵太ではなく、義人が答える。

「加勢ってわけじゃないけど、君達の敵ってわけでもないよ。ていうか、そもそも僕の当初の目的は、宮前さんを観察することにあったんだけどね」

「観察って……」

更紗が首を傾げる。

「つまり、貴女を僕らの同胞として迎えるか……あるいは、そのまま放置しとくか。それを決めるために、僕は送り込まれた。――蔵太君はもう想像ついているみたいだけど」

確かに想像はついている。ほとんど、蔵太の予想通りの返事だったと言ってもいい。

そんなことより――。

やはり義人は、普段は完全に猫を被っていたんだなあと思う。これまでは、ニコニコと誰にでも愛想のいい少年――という印象しかなかったが、今の義人は違う。

濃紺のスラックスのポケットに片手を突っ込み、超然とした表情で真っ直ぐに立つその姿は、十代やそこらのガキにはとても見えない。もっと踏み込んで言えば、どこか『特殊な存在』に見えた。蔵太の服の袖を引っ張って督促する更紗に、教えてやった。

「……義人は、相馬達が探していた『彼ら』の一員ってわけだ。もっとも、俺だって相馬と話すまでは確信がなかったけどな」

更紗が大きく音を立てて息を吸い込んだ。

信じがたいモノを見る目で、義人を――今まで単なるクラスメートだった相手を見やる。

だが、肝心の義人は更紗には目も向けず、蔵太の顔をじいっと見ていた。

「今朝方、蔵太君と電話で話した時、なんとなくそんな匂いがしたけど……どうしてバレたか訊いていいかな」

「昨晩、宮前のマンションを出る時、こいつに教えてもらったことがある」

蔵太は更紗の肩に片手を乗せた。

「俺の記憶を探った時、ある一場面に不審な映像があった――てな。とうに想像ついてるだろうが、宮前にはそういう力があるわけだ」

「うん、知ってるよ。僕だって同胞なんだからね」

「……だったな。で、こいつが言うには、俺の記憶映像の中で、自分の机から診察券が落ちたのを『見た』けど、実際にはそんなモノを入れた覚えはないって言うわけだ。そもそも、通院自体、してないって言うんだな」

ここで蔵太は沈んだ顔をした。

低い声で、

「本人に覚えがないのなら、誰かがアレを入れたわけだ。ならそれは誰だ。誰が一番怪しい？」

蔵太の内心の願いにもかかわらず、義人は黙って聞いてる。

ため息をつき、続けた。

「……おまえがやったって考えるのが自然だろ？　よく考えりゃ、あの状況自体が怪しい。エラくいいタイミングで落ちたもんだ。机を叩いた拍子に落ちたような振りをしてたが、ありゃおまえがわざとあそこで落としたんだ。そういやあの後、俺達と一緒に帰るのを断ったよな。用事があって校舎に戻ったように見せて、今度は偽の診察券を回収しに行った――違うか？」

義人の顔色は少しも変化しなかった。

「……まだなにかあるかな」

「あるさ。俺が図書館で遭遇した、あの一件だ。昨晩、学に電話して訊いたぜ。初耳だったが、俺が休んでた間、おまえも何日か学校を休んだらしいな？　昨日と……それに四日前か？　うちに来たときは元気そうだったし、全然気付かなかった。まあ、仮にあの時そんな話を聞いても、おまえを疑いやしなかったろうけどよ」

蔵太のセリフを、無表情に義人が引き取った。

「だけど、診察券の一件が僕の仕業だとするなら、病欠の話も疑う必要がある。つまり蔵太君は、自分に幻覚を見せたのは僕だと確信したんだね？」

微かに頷いてやる。

「んで、あの警告文もおまえなわけだ。自分で書いたくせに、すっとぼけてくれたよなぁ」

「で、でも——」

息を詰めて話に聞き入っていた更紗が、初めて口を出した。

「どうしてそんなことをする必要があったの。蔵太君とはお友達同士だったんでしょう？」

「いい質問だ、宮前」

蔵太は哀しい笑みを見せた。

「俺もそれが聞きたい。尋ねたいことは一杯あるが、一番知りたいのは『おまえは結局、俺達のダチの振りをしてただけなのか？』という点だ。俺や学は、おまえのことをダチだと思ってた。それは俺達の錯覚だったのか、義人？」

義人は初めて表情を動かした。それは極めて微かなものだったが、蔵太の目には明らかだった。

微妙に蔵太から目を逸らし、もそもそと言う。

「……色々と小細工して宮前さんへの関心を失わせようとしたのは、彼女が蔵太君を遠ざけようとしたのと同じ理由だよ。少なくとも、理由の一部はそうなんだ。だってあのまま放っておけば、蔵太君達が危険な目に遭うのはわかってたから。だけど、蔵太君は強い人だから、まるっきり無駄だったね……そんなこと、僕はとうにわかってたはずなのに……」

気落ちしたように、ちらっと蔵太を見る。ようやく、前の彼が少し戻ったようだった。蔵太は緊張を解かず、今一度、同じ質問を繰り返した。

「じゃあ……今でも俺達はダチだ。俺はそう思っててていいんだな?」

「う、うんっ。ぜひそう思っててほしい。その……騙そうとしたのを許してもらえるなら!」

蔵太の前に歩み寄り、義人は熱心に言った。今度こそ、前のよく見慣れた義人だった。蔵太は肩の力を抜き、破顔した。

昨晩からもやもやしたものが、やっとすっきりと払われた感じである。

「許す!」

ばんっと馬鹿力で義人の肩をどつき、蔵太は吠《ほ》えた。

「うっかり騙されたのは腹立たしいけどよ、そういう理由ならしゃーねー。これまで通り、頼むぜ!」

こだわりがなくなった蔵太の全開笑顔を見て、義人は釣られたようにニコニコした。

「そうそう。気取った顔より、そっちの方が似合うぜ、おまえは。いつもそうやって笑ってろや」

「……世の中が蔵太君みたいな人ばかりだったら、僕らも隠れて住む必要はないんだけどねえ」

しみじみとした言いように、蔵太も更紗も表情を和らげる。

少なくともここにいる三人が、種族の違いなど問題にしてないのは確かだった。

その和やかな気分のまま、更紗が義人になにか尋ねようとした――が。

その時、全てが一斉に動いた。

まず、義人がくっと顔を上げ、戸口の方に向き直ろうとした。おそらく、なにか気配を感じたのだ。無意識にか、蔵太と更紗をガードするように前へ出る。

そして、まだ閉じられたままのドアをあっさり貫通し、悪夢のように赤い閃光が室内を直進、義人に命中した。

小柄な身体がくの字に曲がって吹っ飛び、床にどすんと落下した。

「義人っ」

蔵太が怒鳴る。

駆け寄ろうとしたが、ドアを蹴破る音に、蔵太はとっさに隣の更紗の手を引いた。

自分の身を盾にする気で、彼女を背後にやる。

「蔵太君っ」

更紗の悲鳴と同時に、凄まじい形相で飛び込んできた溝口が、銃を乱射した。一瞬の躊躇もなかった。避ける暇も、身を伏せる暇もない。蔵太は思わず目を閉じてしまった。

なんて冴えない死に方だっ。かっこよくねー！


しかも焼け付くような痛さが――

……おろ……どこも痛くない。

「なんだ……全然痛くないぞ」

銃声がやみ、蔵太はそっと目を開ける。

ごくっと喉が鳴った。

銃弾は全て目の前に――胸と頭の前に、固まって止まっていた。支えもなく、浮かんでいたのだ。唖然として眺めていると、やっとバラバラと落下する。

蔵太は、油の切れたロボットのように首を巡らし、義人を見やった。

ちょうど、悪戯っぽい笑みとともに起きあがるところだった。

「……いやー、蔵太君のビビった顔、初めて見たかも」

「う、うるせー。撃たれてんのに平気な顔してたら、それこそ馬鹿だろうがっ。て、今のはおまえだよな？」

「うん、僕が止めた。さっきもこうやって止めたわけ。ちょっと不意を衝《つ》かれたけど、ギリギリで力の解放が間に合ったよ。自分達が開発した武器で殺されたら、間抜けだし。――さてと」

義人は立ち尽くしたままの溝口を、すっと指差した。

途端に、筋肉質の巨体が風に舞う古新聞のように容易《たやす》く宙を飛び、背後の壁に激突した。

ぐうっ、と溝口が息を絞り出す。なんとか立ち上がったものの、例の得体の知れない武器も、それに銃ですらも、手から吹っ飛んでいた。それほど激しく叩き付けられたのだ。

頭を振って身体をふらつかせる溝口に、冷ややかな声で義人が告げる。

「君達もいい加減悟った方がいい。僕らは最初から共存も侵略も考えていないんだ。ただ、そっとしておいてほしいだけでね」

「その言いよう……おまえも、そっちの牝ガキの仲間だったようだな」

溝口は苦しげに呟いてから、義人の言い分に答えた。

「そうかもしれん、違うかもしれん。俺にはどちらでもいいことだ。……先生は、もうお亡くなりになったのか？」

「君と一緒にしてほしくないなぁ。殺したりしてないよ、僕は」

「そうか……それならいい。お別れの挨拶くらいはしたかったんだが、まあこの方がいいかもしれん。どうせ、すぐにまたお会いできるだろう」

肩を揺すって溝口が笑う。蔵太達三人は、顔を見合わせた。

なにか――ひどくヤバい！

「最後がこんな手しかないってのも、情けない話だが、まあしょうがない。この屋敷ともども、仲良く木っ端みじんといくかね」

「――！　てめえ、まさかそんな無茶な罠を仕掛けてっ」

まず蔵太が動き、そして義人が動いた。

更紗は、下ろしかけていた銃を持ち上げようとしている。

「遅いっ」

溝口の叱声が叩き付けられる。

ごつい手がスーツの内側に入ったその時、なにかの軽い発射音がした。と、溝口の顔から表情が消え、ギクンと身体が強張った。そのまま、前のめりにどーんと倒れてしまう。手から、細長い、テレビのリモコンのようなモノが転がった。

「な、なんだぁ？」

いきなりな展開に、蔵太がきょとんと戸口に目をやる。

そこには……これまたよれよれになった相馬が、仁王立ちしていた。片手に、いつぞや更紗が持っていた『エアテイザー』を構えて。

スーツ姿の全身が、どういう理由かずぶ濡《ぬ》れになっている。まるで、服を着たまま海水浴でもしてきたようだ。

相馬はくわっと大口を開けた。

「なめてんじゃねーぞ、クソ溝口ぃ！　そう簡単にやられる相馬様じゃないってんだあっ」

元気一杯に怒鳴る相馬を見て、更紗が一歩引いた。口元に手をやる。

「……蔵太君のしゃべり方とそっくり」

「いや、俺の方がまだ上品だろうよ」

蔵太は脱力して、倒れた溝口のそばにしゃがみ込んだ。

とにかく、当初の予定とはだいぶ違うが、一応は片づいたようだった。

終章　あの場面をもう一度

エキサイティングな事件が終わりを告げようと、人生はまた続く。

笑顔で別れた義人が、次の日には転校扱いになっていて皆の前から姿を消していたり、全ての事情を蔵太から聞いた学が奇声を上げて感心したりしたが、蔵太的にはもうこの事件は完全に終わりを告げた。蔵太の唯一の心残りは、義人が水臭くも黙って姿を消したことだ。

……家族がいなくなった更紗の方は、本当なら一人暮らしなどしている場合ではないのだが、これも相馬が手を回してなんとかしてくれたらしい。

相変わらず、あのゴージャスなマンションに一人で住んでいる。学校も、これまで通り通学してくれるそうだ。

蔵太としては、なによりも嬉しいポイントである。

喫茶『ジャンヌ・ダルク』でテーブルに着いてコーヒーを啜りつつ、蔵太はちらっと腕時計を覗く。時刻は十九時五分前。そろそろ——おっと、来た来た。

控えめなドアの開く音に振り向くと、ちょうど更紗が店に入ってきたところだった。

本日もまた、豪華絢爛たるゴスロリファッションであり、それがまたこの渋い店に不思議なほど似合っている。内装がクラシックだからかもしれない。

「……こんばんは。早いのね……まだ五分前なのに」

「俺は時間厳守な方でな。——意外な顔すんなよ」

軽く笑って謝った更紗は、注文を聞いたマスターが会釈して去るのを見送り、声を低めた。

「このお店、いつもガラガラなのね……」

「だから好きなんだ。ゆっくりできるだろ」

断言して、蔵太は更紗を上から下まで観察する。

「しかしおまえ、あれから十日も経つのに、まだその服装をやめないのな」

「うん……もう少ししたら安心できると思うけど」

「もう大丈夫じゃないか？　あの黒幕じいさんだって余計な記憶がすっぽり抜けて、すっかり大人しくなってるそうだし、溝口は当分は刑務所から出てこねー。余罪も相当にあるみたいだしな」

「あのおじいさんは裁かれずに、部下の方が刑務所行きになっちゃうのね」

更紗が唇を可愛らしく尖らせる。

「ヤツに押しつけたんだろうな……元首相がムショ入りになったら、色々とマスコミに突っつかれるだろ？　溝口なら、誰も騒がないし」

老人が新たなコーヒーを運んできたので、蔵太はしばらく口を閉ざす。

彼がカウンターに戻ってから、

「それに、あのじいさんはもうじき病気で亡くなるのが確定してるみたいだしなぁ……今更ってのもあるかもしれねー」

「うん、そうだね……」

「ところでよ」

蔵太は居住まいを正した。

「今日はまた、なんの用事だ？　いや、別に用件なんかなくても喜んで顔出すが……今日は、雑談が目的じゃないだろ。そう言ってたよな？」

「そ、そうだけどぉ……ちょっとすぐには。心の準備があるから」

更紗は急にそわそわした素振りで、コーヒーを一口だけ飲んだ。

蔵太がじっと見ているのに気付くと、やたらと慌てた感じで、

「そ、そうだ。前から言おうと思ってたけど、あたしの本当の名前って、『更紗』じゃなくて『沙羅紗』なの。普段は読めない人が多いからまず使わないけど、蔵太君は覚えておいてねっ」

テーブルに人差し指で慌ただしく走り書きし、捲し立てる。

教えてもらったのは嬉しいが……いきなり、なにを言い出すやら。随分と唐突だ。

「あ〜……了解だ。覚えるのに時間がかかりそうな字面だが、きっちり覚えるぜ、うん」

うんうん、そうして——と更紗が頷く。上目遣いにまたこちらを見た。

蔵太と目が合うとまたしても大慌てで、

「そ、それからっ。ええと、清川君から連絡とかあった？」

蔵太はにんまりした。

やっと、まともな話になりそうだ。

「聞いて驚け。昨晩、メールが来た」

「え、本当っ？　なにが書いてあったの？　あたしのことっ？」

自分で訊いたくせに、更紗は意外な顔をした。

「なんだぁ？　えらく気にするなぁ」

「だって、『貴女を迎えるかどうか決めるために来た』なんて言ってたのに、そのまま黙って姿を消すんだもの。気になるじゃない」

そう言って、蔵太をちらっと見る。

「でも、無理に誘わずに行っちゃった理由は、なんとなく想像つくんだけど」

「……なに？　理由って、あえておまえを放っておいてくれたんじゃないのか？　住み慣れたこっちの方がいいだろーってことで」

「結論はそういうことだけど」

気のせいか更紗は、「鈍いなぁ」という目つきをした。

「そうじゃなくて、清川君はあたしの気持ちに気付いたんだと思う。……気を利かせてくれたのよ、きっと」

「……は？　おまえ、俺の成績を聞いて驚くなよ。俺に理解させたかったらだな——」

「言わなくてもわかるわよ。『遠回しに言うな』ってことでしょ。もういいから、あたしの勘違いかもしれないし。……それよりほら、メールの内容を教えて」

露骨に話を変えようとする更紗になにか妙な雰囲気を感じたが、蔵太は内容を教えてやった。

「要は、僕は元気にやってますってことだが。一つだけ、わけのわからんことが書いてあった……メールの最後の一文だけどよ」

「どんなの?」

興味深そうにぐっと身を乗り出す。

ドレスの胸元の深い谷間をなるべく見ないようにしながら、蔵太は告げた。

『蔵太君には、色んな意味で負けました……僕は、潔く身を引きますよ』

大根役者的棒読み口調で語り終え、おもむろに更紗を見る。

今こそ、IQ300の出番だ。

「これってどういう意味だと思う……。つーか、聞いてるか、おい?」

更紗は、街角でゴジラに遭遇したような顔で固まっていた。蔵太が話しかけるとやっと覚醒《かくせい》したが、代わりに完熟トマトよろしく真っ赤になった。今にも毛穴から血が噴き出しそうだ。

……ていうか、なぜ赤くなるのだ?

「う、うそっ。あたし、知らなかった! そんなこと全然っ。そんな素振り、なかったものっ」

「……おい、俺はオールドタイプなんだぜ。おまえらだけで通じる言語でしゃべるなっつーの。未知のセリフはやめて、俺にわかるように説明しろ」

「その話はもういいからっ」

更紗は慌てた顔でバタバタ手を振った。

コップの水を一息で飲み干し、

「いいから、その話はもうやめましょっ！　なんでもないいんだからっ」

だから、なにがどうなんでもないんだよ――。

と、急にマスターがやってきて、二人の前に美味しそうなケーキが載った皿を置いた。

「……？　俺達、コーヒーしか注文してないぜ」

「常連のお客様への、当店からのサービスでございます。……それと、前祝いも兼ねておりますからして、はい」

慇懃《いんぎん》この上ない態度で、マスターが頭を下げる。しかも、セリフの後半がさっぱりわからない。

リアクションに困った蔵太達がアーもスーも言わないうちに、老人はすたすたとカウンターに戻ってしまった。ただ、踵を返す直前、更紗にぐっと親指を立ててみせた……無表情のままで。

前から思っていたが、この店のマスターはかなりの変人かもしれない。だから客が少ないとか？　もしかしてあのじいちゃんも『彼ら』の一人か？

「なんなんだ、一体……」

「さ、さぁ。……でも、これ美味しいわよ」

もう食ってんのかよ！

まるで気にしない更紗を見習い、蔵太もとっとと頂くことにする。

しばらく二人でもそもそとケーキを食べていると、ふと思いついたように更紗が切り出した。

大変、わざとらしかった。

「……今日の用件だけど」

「おう？」

「この前、ここであんな返事をしちゃったから、今度はきちんとあたしから言わなきゃと思ったの。だから来てもらったの」

あ、そう——とあっさり流しかけ、蔵太はやっと理解が及んだ。

頬にクリームの残滓《ざんし》をつけたまま、そ～っと顔を上げる。赤い顔でひたすらケーキを食している更紗に一言だけ——。

「——それで？」

「ち、ちょっと待って……今、なけなしの勇気をかき集めているところだから」

「お、おう……ゆっくりでいいぞ。なんなら朝まで待つさ」

いかん。俺まで緊張してきた。

まだ残っていたコーヒーを一気飲みし、蔵太はなんとか気を落ち着ける。おそらくは、通常の三倍のスピードでケーキを平らげた更紗が、やっと顔を上げた。

白い喉が、コクンと動く。

震える唇が、なんとか言葉を紡ぎ出そうとする。

自然と蔵太は、テーブルの上に身を乗り出していた。ゆっくりと、本当にゆっくりと自らも顔を近づけ、更紗は蔵太の耳元に唇を寄せる。思いきったように、ごしょごしょと囁きかけてくれた。それを聞いた途端、繊細な神経にほど遠い蔵太は、思わずこう叫ぶのだった。

「なにいっ！　俺のこと好きって、そりゃマジかあっ」

柔らかな照明の中、真っ黄色な弾劾の悲鳴と、蔵太の謝罪の言葉が飛び交う。

そんな二人を、渋めのマスターだけが静かに見守っていた。

〈著者紹介〉
吉野 匠　東京都内で生まれる。HP上にて数年にわたって毎日更新の連載小説を続け、「雨の日に生まれたレイン」が爆発的人気となる。『レイン―雨の日に生まれた戦士』(アルファポリス)で作家デビュー。同書はシリーズ累計70万部突破の大ベストセラーとなり、コミカライズもされている。『忘却の覇王ロラン』シリーズ(スクウェア・エニックス)も人気を呼んでいる他、『異邦人 Lost in Labyrinth』『死神少女』(ともに小社)など著書多数。

ルナティックガール
2010年5月25日　第1刷発行

著　者　吉野 匠
発行者　見城 徹

GENTOSHA

発行所　株式会社 幻冬舎
〒151-0051 東京都渋谷区千駄ヶ谷4-9-7

電話:03(5411)6211(編集)
03(5411)6222(営業)
振替:00120-8-767643
印刷・製本所:株式会社 光邦

検印廃止

ISBN978-4-344-01832-7 C0093
幻冬舎ホームページアドレス　http://www.gentosha.co.jp/

この本に関するご意見・ご感想をメールでお寄せいただく場合は、comment@gentosha.co.jpまで。